Mara Stein

Das Geheimnis
der verschwundenen Frauen

„Hörst du, wie die Brunnen rauschen?
Hörst du, wie die Grille zirpt?
Stille, stille, lass uns lauschen!
Selig, wer in Träumen stirbt;
selig, wen die Wolken wiegen,
wem der Mond ein Schlaflied singt!
Oh, wie selig kann der fliegen,
dem der Traum den Flügel schwingt,
dass an blauer Himmelsdecke
Sterne er wie Blumen pflückt:
Schlafe, träume, flieg, ich wecke
bald dich auf und bin beglückt."

Clemens Brentano
(aus: Das Märchen von dem Myrtenfräulein)

Mara Stein

*

Das Geheimnis
der verschwundenen Frauen

Zweite Auflage 2017

Bibliografische Information der Deutschen Nationalbibliothek:
Die Deutsche Nationalbibliothek verzeichnet diese Publikation in der Deutschen Nationalbibliografie; detaillierte bibliografische Daten sind im Internet über http://dnb.dnb.de abrufbar.

© 2017 Mara Stein

Umschlaggestaltung: Mara Stein

Herstellung und Verlag: BoD – Books on Demand, Norderstedt

ISBN: 978-3-7431-9673-5

Ein junger König und seine Frau lebten einst fern von der großen Welt in einem kleinen friedlichen Königreich. Sie waren im ganzen Land sehr beliebt und immer gern gesehen; ein Leuchten ging von ihnen aus, das einem jeden Traurigen so viel Kraft und neuen Mut gab, dass sich all seine Sorgen in Luft auflösten. Fast alles, was sich ereignete, war so voller Harmonie, dass es nicht selten geschah, dass zwei, die sich ansahen, zur selben Zeit das Gleiche dachten.

Doch plötzlich und unerwartet veränderte sich die harmonische Stimmung im Königreich. Zerstörerische Unwetter zogen über das Land und fegten alles hinweg, das sich ihnen in den Weg stellte. Die schützende Hütte flog so manch einem davon; die verwüsteten Felder gaben nichts Essbares mehr her. Die sorgenfreie Zeit war vorüber, man musste nun um sein Überleben kämpfen. Ein Unwetter nach dem anderen bewies den nun verängstigten Menschen, dass nicht sie das Steuer in der Hand hielten, sondern Mächte über sie herrschen konnten, die die Menschlein sehr klein aussehen ließen.

Der König widmete sich ganz seinem Amte und lernte dabei, wie machtlos er sich fühlen konnte. Doch allmählich schienen sich die wilden Zeiten zu beruhigen. Die Unwetter, die sich des Friedens bemächtigt hatten, zogen ab, so schnell, wie sie gekommen waren. Bei schönstem Sonnenschein und lauen Lüften begann man, die Spuren des Unheils zu beseitigen, aber nur die Spuren, die man erkannte.

Obwohl nun alle stark zusammenhielten und man sich half, wo es nur ging, die kindliche Unbeschwertheit vergangener Tage schien für immer verloren zu sein, das einst so tiefe Vertrauen war erschüttert. Das große Aufräumen voran zu treiben, die Hilfen an richtige Stellen zu leiten, die Schäden am Schloss reparieren zu lassen, all das beanspruchte den König so sehr, dass er sich kaum jemals Ruhe gönnte. Er wollte so schnell wie möglich das Erlebte ungeschehen machen und den harmonischen Zustand von einst wiederherstellen.

Während er Tag und Nacht darüber grübelte, welche Methode zu welchem Ziel führen könnte, bemerkte er gar nicht, wie sehr er sich veränderte. Er sah nun die Schönheiten der Natur nicht mehr und so boten diese ihm weder Trost noch Ausgleich. Allmählich veränderte sich sein Gemütszustand so sehr, dass eine tiefe Traurigkeit auf allem zu lasten schien, das ihn umgab. Obwohl der Frieden mit der Natur in das Land zurückkehrte, wollte die innere Unruhe und Anspannung des Königs nicht weichen. Irgendetwas war geschehen, dass sich alles nur noch so abspielte, wie in jedem gewöhnlichen Königreich.

Immerhin stellte sich ein neues Gleichgewicht ein, allerdings eines, das eine tiefe ungestillte Sehnsucht nach schon fast Vergessenem in sich barg und damit auch den Keim der Unzufriedenheit. Noch bevor die letzten Spuren des Unheils beseitigt waren, ereignete sich ein noch weit schlimmeres Unglück. Und das sollte zum endgültigen Schicksalsschlag für das einst so harmonische Königreich werden. Sämtliche Frauen im Land begannen zu schweigen und es wurde kein einziges Kind mehr geboren. Schließlich gab es keinen Zweifel mehr, dass die Frauen unfruchtbar geworden waren. Dabei hatte alles schleichend begonnen. Anfangs waren sie nur sehr still geworden, doch nun versiegten auch die letzten Worte, da halfen kein Bitten und kein Flehen. In Haus und Hof blieb vieles liegen, die Kinder verstanden nicht, was hier vor sich ging. Die Frauen zogen sich von ihren Männern zurück, auch die Verliebten wurden getrennt durch diesen Rückzug der Frauen in die Stille. Ein tieftrauriger Schleier verhängte den sonst so strahlenden Blick der Frauen. Sorgenerfüllt beratschlagten die Männer, was wohl zu tun sei. Doch eines Tages geschah das offenbar Unvermeidliche; in einer Neumondnacht waren die Frauen verschwunden und hatten auch nicht ein einziges weibliches Kind zurückgelassen.

Ein feiner Nebel senkte sich nieder und legte sich über das Land. Die Nebelschwaden durchzogen bald jedes Haus und umwölkten die Sinne der Männer, so dass sie nur noch wie schlafwandelnd ihren Alltagsgeschäften nachgehen konnten. Dieser seltsame Nebel wollte nicht wieder weichen und löste sich erst auf, als man aufgegeben hatte, darauf zu hoffen. Nun allmählich gab er den Blick auf den Himmel wieder frei, doch am Ende wusste keiner so recht zu sagen, wie lange sie diesen schon nicht mehr gesehen hatten. Und die Frauen, die blieben verschwunden.

○

Ein Jahr lang und dann doch über viele Jahre hinweg, versorgten und erzogen die Männer ihre Knaben und machten alles so, wie die Alten es ihnen empfahlen. Zwar fehlten die Frauen bei allem, doch ließ es sich bald schon keiner mehr anmerken und allmählich vergaß man beinahe, wie es denn früher einmal gewesen war. Die kleinen Burschen wuchsen schnell heran und kamen in das Alter, in dem man Denken lernt und damit beginnt, sich und anderen Fragen zu stellen.
Nun mussten die Väter zurückblicken in ihre eigene Geschichte und versuchen, das Vorgefallene zu erklären. Noch einmal wieder wurde geforscht, wie am Anfang, was denn die Ursache sein konnte für das Verschwinden der Frauen und groß wurde die aufkeimende Sorge um die Zukunft. Da ja bisher kein Wunder geschehen war, würde es wohl auch weiterhin keinen Nachwuchs mehr geben. Schwer genug war es den Männern gefallen, die Aufgaben der Frauen zu erfüllen, ihre Stellen so

plötzlich zu ersetzen. Von mancher Arbeit, die gemacht werden musste, hatten sie vorher nie bemerkt, wie sie scheinbar ganz nebenbei erledigt wurde. Auch die Mühe und Geduld, um Haus und Hof und erst recht die Kinder liebend zu versorgen, war immer unterschätzt worden, man hatte es nur wie von Ferne betrachtet, vornehmlich die angenehmen Seiten. Doch so im Ganzen erschien es nun in anderem Lichte. Wie sehr sie sich auch Mühe gaben, sich an all das zu erinnern und, der bohrenden Fragen ihrer Jungen wegen, untersuchten, was genau geschehen war, der Tag, an dem das Unglück endgültig hereingebrochen war, ausgerechnet dieser Tag erschien verschwommen. Eingehüllt in Nebel verloren sich alle Erinnerungen.

○

Der Sohn des Königs war ein stilles Kind. Oft erwachte er weinend aus dem Schlaf und blieb dann stumm und sah sehr traurig aus. Der König war besorgt darüber und verschwieg es lange Zeit, denn tagsüber zeigte der Prinz ein ruhiges und scharfsinniges Herangehen an die Dinge und viel Geduld im Umgang mit Tieren.

Doch nachts änderte sich auch nach einigen Jahren nichts am Verhalten des Sohnes. Immer wieder erwachte er weinend aus dem Schlaf und schien nie über Gründe oder Empfindungen mit seinem Vater sprechen zu können. Da erinnerte sich der König an einen Weisen, von dem behauptet wurde, er wüsste sehr viel über die Geschichte des Königreichs. Ihn bat der König ins Schloss und weihte ihn ein in das seltsame Geschehen und machte ihn zu seinem vertrauten Berater und besonders zum Erzieher seines Sohnes, jedoch unter strengster Ermahnung an seine Schweigepflicht. Die Augen des weisen Mannes leuchteten auf, als der König ihm die unruhigen Nächte des Prinzen schilderte. Er hielt es für das ersehnte Zeichen, nach dem er schon seit Jahren Ausschau hielt. Doch als der König fragte, was das zu bedeuten habe, da schwieg er bedächtig, und gab keinerlei Antwort.

Der König überließ ihm eine Kammer im Schloss, sie lag direkt beim Zimmer des Sohnes, und der Alte verbrachte von nun an viel Zeit mit ihm. Er beobachtete jede Handlung des so glückverheißenden Prinzen und dieser war froh, solche Achtung zu erfahren und mochte den Alten gleich von Anfang an.

Tag für Tag drängte der König den Weisen, er möge etwas preisgeben, von dem was er wusste, der aber lächelte nur weise und versprach, die Dinge zu erklären, sobald die Zeit reif dafür sei. Lediglich, dass es ein gutes Zeichen sei, ein sehr gutes sogar, das verriet er. Außerdem sei er überaus froh, dass der König nach ihm gerufen habe, um sich seines Sohnes anzunehmen. So könnte alles noch ein gutes Ende nehmen. Diese Worte klangen vieldeutig, doch der König war voller Vertrauen in den Alten. So konnte er sich wieder seinen Geschäften widmen und wusste seinen Knaben in guten Händen. Nach einigen Monaten wurde es zur lieben Gewohnheit, dass der Weise mit dem König speiste. So unterhielten sie sich nun schon sehr vertraulich und der König fand in ihm einen unersetzbaren Berater, der ihm bereitwillig zur Seite stand. Allein die Gespräche über den Prinzen führten sie nicht an der Speisetafel, sondern führten sie im Verborgenen. Und dem Prinzen schien es wirklich bald schon besser zu gehen. Seitdem der Alte ihm vertrauensvoll zur Seite stand, begann sein Kinderherz zu lachen.

○

Nach vollen sieben Jahren endlich lenkte der Weise das Gespräch auf das große Geheimnis des Königreichs. Um alles zu verstehen, verlangte er viel Kraft vom König und der griff sogleich nach seinem Schwert und hielt es empor, bereit, gegen jedes Ungetüm zu kämpfen.
Der Alte schwieg dazu und schüttelte traurig den Kopf. Hier ging es nicht um die Kraft des Körpers, sondern um die Kraft des Geistes. Er musste wohl einen anderen Weg suchen, um sich dem König verständlich zu machen. Er bat ihn nach Mitternacht zur Kammer des Prinzen, um gemeinsam dessen Schlaf zu beobachten. Sie trafen sich direkt vor der Tür und unter der Führung des Weisen schlichen sie an das Bett des Prinzen. Das Gesicht des Prinzen war sorgenfrei und so hell umstrahlt, dass sein Antlitz leuchtete. Der Mond schien zum Fenster herein und tauchte den Raum in ein mildes silbriges Licht. Der König staunte nicht schlecht, kein Zeichen von Traurigkeit, keine

Schwere der Nacht, die den Prinzen sonst umwölkte, klar und friedlich schlummerte er und atmete in kraftspendenden Zügen. Welch ein Unterschied zu früher, der Weise schien ihn wohl geheilt zu haben. Doch der zog den König schnell wieder aus dem Raum und flüsterte vor der Türe, dass der Prinz nun all seine Kraft brauchen werde, da er vor einer großen Prüfung stände. Allerdings müsse er seine Aufgabe erst noch annehmen. Danach aber käme eine wahrlich schwere Zeit auf ihn zu; dann wäre nichts mehr so, wie es einmal war. Dies zu erfahren erschütterte den König, hatte er doch gehofft, dass nun jegliche Last ein für alle Mal von seinem Sohne genommen wäre. Doch der Alte schnalzte mit der Zunge und sorgte mit diesem seltsamen Geräusch dafür, dass der König nicht mehr darüber nachdachte. Der Alte sprach dann eindringlich: „Du kannst dich glücklich schätzen und stolz auf deinen Sohn sein, nichts Ehrenvolleres könnte ihm geschehen, als das, was ihm bestimmt zu sein scheint. Es gibt ganz verschiedene Kämpfe im Leben und jeder muss in den seinen ziehen. Der Kampf aber, der deinem Sohne bevorsteht, verlangt wahre Größe", er schaute dem König in die Augen und versuchte zu ergründen, ob der ihn verstand. Dann setzte er fort: „Doch das muss unser Geheimnis bleiben. Er darf es nicht von dir erfahren, er könnte sonst den Mut verlieren und wir alle würden scheitern." Der König blickte ihn betroffen an und wurde plötzlich ungewöhnlich müde. Der Alte begleitete ihn zu seinem Gemach und wünschte ihm eine gute Nacht. Am nächsten Morgen schien der König alles vergessen zu haben, was sich in der Nacht ereignet hatte.

○

Einige Tage später schlich sich der Weise nachts zum Bett des Prinzen, der in tiefem Schlaf lag, und strich dort ganz sacht über dessen Körper hinweg, ohne ihn dabei zu berühren. Er schien ihn gleichsam fortzuziehen, denn der Prinz stand auf und folgte der Anziehung bis zum Gemach des Vaters und an dessen Bett. Dort beugte er sich nieder und berührte die Stirn des Vaters, woraufhin der erschrak und nun seinerseits mit dem Kopf auf des Sohnes Stirn schlug. Schnell führte der Weise den schlafwandelnden Sohn wieder ins

Bett zurück und sorgte sich dann auch um des Königs tiefen Schlaf.

Am nächsten Morgen saß der König bedrückt am Frühstückstisch. Auch der Prinz erschien sehr schweigsam. Beide vermieden es, Blicke auszutauschen, obwohl sie doch keine Ahnung haben konnten vom nächtlichen Geschehen. Der Alte beobachtete die Beiden und stieß, während er sich langsam erhob, wie aus Versehen seinen Stuhl um. Im Augenblick des Aufschreckens begegneten sich die Blicke von Vater und Sohn. Mit einem Aufstöhnen erhob sich nun auch der König und verließ eilig den Raum, suchte seine Bibliothek auf und wurde für den Rest des Tages nicht mehr gesehen.

Der Alte besuchte ihn dort heimlich und brachte ihm ein weißes Laken und einen großen Krug voller Wasser. Ohne ein Wort verließ er den Raum. Der König würde nun hierbleiben, bis sein Geist sich wieder geklärt hätte. Und er blieb ganze sieben Tage, schlief auf dem harten Boden, nur mit dem Laken bedeckt, aß nichts und trank nur selten etwas Wasser. Der Weise schaute jeden Tag nach ihm. Eines Morgens fand er ihn so bleich und kraftlos vor, dass der

Weise sich Gedanken machte und den Ablauf beschleunigen wollte. So schickte er den immer noch schweigsamen Prinzen zu einem bestimmten Hügel, um ein besonderes Kraut herbei zu schaffen. Er ging, er kam wieder, und er brachte dem Alten dieses seltsam duftende Pflänzchen. Er war behutsam vorgegangen, um es nicht zu verletzen, und er machte dies, weil er dem Alten vertraute. Von Anfang an schien der ihn irgendwie zu verstehen. So vieles schien zwischen ihnen gesagt worden zu sein, ohne dass es jemals vieler Worte bedurft hätte. Manchmal genügte ein Blick, um selbst Unsagbares zu erklären. Dieses stille verstanden werden hatte dem jungen Prinzen so sehr gefehlt, bevor der Weise ins Schloss gezogen war, und er war seinem Lehrer nun unendlich dankbar. Wenn der Prinz auch sicher noch nicht alles verstehen konnte, so war er doch stets mit großer Aufmerksamkeit darum bemüht, die Anweisungen des Weisen zu befolgen, so auch diesmal. Der Prinz bekam das zurechtgezupfte Kraut vom Alten zurück und sollte es gründlich zerkauen, doch verschlucken sollte er davon nichts. Sein Speichel wurde mehr und mehr und schließlich reichte der Weise ihm einen Becher, in den er alles ausspucken sollte. Dann fügte der Alte zuerst sich selbst und dann auch dem Prinzen eine kleine Schnittwunde am Ringfinger zu und ließ aus jeder genau vier Tropfen Blut zu dem süßlich riechenden Kräuterbrei in den Becher tropfen. Schnell füllte er das Gemisch mit Wein auf, schwenkte es um und ließ es bis zum Abend abgedeckt stehen. Das alles machte den Prinzen sehr neugierig, er stellte dem Alten viele Fragen und dabei erwachte auch seine Lebenslust wieder. Der Alte aber verriet nicht, was es damit auf sich hatte und lächelte nur schelmisch über die sprudelnden Worte des Prinzen.

○

Am späten Abend, als der Mond schon in seiner vollen Größe am Himmel stand, ging der Alte zum König und reichte ihm den Becher. Er befahl ausdrücklich, ihn in einem Zug zu leeren und der König, heut noch matter als sonst, schaute ihn mit großen Augen an. Es waren die ersten Worte seit Tagen und sie drangen wie fremde Töne an sein Ohr. Aber er nickte und tat wie ihm befohlen und als er den Becher geleert hatte, da wurde ihm ganz seltsam und er streckte sich wieder lang auf dem Rücken aus. Der Weise schaute noch einmal nach, ob die Tür gut verriegelt war und versperrte auch das Fenster mit riesigen Bücherstapeln, wenngleich es dahinter ganz weit geöffnet war. Der König begann zu stöhnen, wälzte sich auf dem Boden und öffnete und schloss seine Augen immer wieder, bis er sich plötzlich aufsetzte und sich an den nahe bei ihm sitzenden Alten lehnte. Der dirigierte dessen Schwanken zu rhythmischen Bewegungen und summte dazu, bis auch das Stöhnen des Königs ein Summton wurde. Einige Zeit hielt das so an, dann legte der Alte den König auf den Rücken, band mit zwei durchsichtigen Fäden seine Hände und Füße zusammen und befestigte jeden Faden an einem Tischbein des großen Büchertisches. Der König war leise geworden und auch ganz starr, während der Alte ununterbrochen weitersummte.

Zu Mitternacht plötzlich begann ein feiner, fast unhörbarer Glöckchenklang. Dazu erschienen in der Dunkelheit des Raumes Farbpünktchen, die auf einem einzigen Mondstrahl zu tanzen schienen, der sich an den Büchern vorbei durch das Fenster ins Zimmer schlich. Doch der Mond wanderte und nahm seinen Strahl mit sich fort, ebenso die kleinen Farbpünktchen. Genau in diesem Augenblick zuckte der König zusammen und zerrte plötzlich an den feinen Fäden, die doch stark genug waren, ihn zu halten. Seine Augen blieben geschlossen, während er zappelnd versuchte, sich loszumachen. Der Alte summte nur immer lauter und beobachtete blinzelnd, wie der König sich bewegte. Doch der beruhigte sich wieder und wurde still und stiller, je mehr sich die Morgendämmerung näherte. Als er eingeschlafen zu sein schien, löste der Alte die Fäden vom König und nahm die Bücherstapel vor dem Fenster beiseite, um die kühle Morgenfrische einströmen zu lassen. Sodann ergriff er den Becher und verließ leise die Bibliothek.

○

Der Weise wollte nun auch ein wenig schlafen, aber begab sich dazu in den Garten und legte sich etwas verborgen ins taunasse Gras. Spät erst fand die Sonne ihn hinter einer Hecke und kitzelte ihn wach. Erfrischt begab er sich in seine Kammer, doch wollte er dann sogleich zum Frühstückstisch.

Indessen suchte ganz verwirrt der junge Prinz nach dem weisen Alten. Noch bevor der den Frühstückstisch erreichte, stießen sie geradewegs zusammen und so machte der Alte kehrt und zog den aufgeregten Prinzen einfach mit sich in seine kleine Kammer. Sie ließen sich gerade noch auf den Sitzkissen seitlich neben dem Fenster nieder, da sprudelte der Prinz schon los und erzählte alles, was er so dringend mitteilen wollte. Es ging um einen lebhaften Traum, den er heute Nacht gehabt hatte. Er betonte, dass er ihn wahrhaftig erlebt hätte und dass das eben der Grund sei, weshalb er ihn, den weisen Mann, jetzt brauchte. Nur er könne ihm erklären, was es mit solchen Dingen auf sich habe. Der weise Alte legte dem aufgeregten Prinzen die Hand auf die Schulter und lächelte ihm beruhigend und von einem Glücksgefühl erfasst zu. Nun würden die Dinge ihren Lauf nehmen und alles würde gut. Er lauschte gespannt den Schilderungen des

Prinzen und erkannte, dies war wirklich ein besonderer Traum.

Vater und Sohn hatten sich in der vergangenen Nacht in Eulen verwandelt und der Vater kam zu des Sohnes Zimmer geflogen, um ihn für einen gemeinsamen Ausflug in die Dunkelheit abzuholen. Es schien das Natürlichste der Welt zu sein, dass sie beide so als Eule miteinander redeten, obwohl er sich nicht sicher an gesprochene Worte erinnern konnte. Offenbar konnten sie sich einander mitteilen, ohne sich zu wundern. Ganz selbstverständlich flogen sie los; sie hatten eine lange Strecke zu fliegen; viele Wälder mussten sie überqueren, bis sie schließlich einen besonders merkwürdig aussehenden Wald erblickten. Da nämlich waren die Bäume weiß, die Stämme ebenso wie die Blätter oder die Nadeln der Tannen; auch der Erdboden und all die anderen Pflanzen, einfach alles, alles war weiß und von einem besonderen Licht umgeben. Ein zartblauer Schimmer umgab dieses sanfte weiße Leuchten und zog die Beiden magisch an. Vater und Sohn schienen gleich zu empfinden und so fühlte sich der Eulen-Sohn seinem Eulen-Vater ungewohnt nahe. Sie wollten beide näher an die Grenze zu dieser anderen Natur, doch sie zögerten etwas, da sie fürchteten, diese Erscheinung könnte sich vor ihnen in Luft auflösen. Und ein klein bisschen hatten sie vielleicht auch Angst, sich selbst zu verlieren, wenn sie diese Welt berührten.

Als der Prinz sich nun an diese Traumbilder erinnerte, lachte er kurz auf, denn die Vorstellung, als Eule Angst zu haben, den Körper zu verlieren, erschien ihm doch äußerst seltsam. Umso klarer wurde ihm, wie sehr sie sich ganz wie sie selbst gefühlt hatten, trotz ihrer offenkundig ungewöhnlichen Erscheinungsweise. Der Weise bat ihn, jetzt nicht weiter darüber nachzudenken und stattdessen wieder ganz in seinen Traum einzutauchen, damit er ihn mit ihm zusammen nacherleben dürfte. Und so ließ der Prinz diese unglaublich wirkende Schönheit aus flimmerndem Licht wieder vor sich erscheinen.

Die Eulen entschlossen sich nun doch, ganz dicht an die Grenze oder auch darüber zu fliegen, als ein feines Klirren sie erschreckte und sie zu warnen schien, weiter zu fliegen. Es klingelte klirrend, als wenn die Kristalle eines prächtigen Kronleuchters vom Winde gerüttelt aneinander schlugen und doch vernahmen sie hinter dem Geklingel eine Stimme, die sie fast zu verstehen glaubten, leider nur fast.

Ein einzelner Eichbaum stand so nah an der Grenze, dass man meinte, er streckte seine Arme fast schon über sie, doch genauer betrachtet hielt auch er sich gefügig an die Trennlinie zum weißen Land. Diese Eiche bot sich an, um einen weiten Überblick zu bekommen, jedoch ohne die weiße Grenze zu verletzen. Gleichzeitig flogen die beiden Eulen los und ebenso gleichzeitig landeten sie auf dem Ast, der der Grenze am nächsten lag. Wieder klang es sanft, doch diesmal feiner und nicht klirrend.

Was sie sahen, überwältigte sie beinahe. Inmitten des sanften weißen Lichts erschien ein Lichtermeer aus hüpfenden Farbpünktchen. Wie in einem Fluss spiegelten sich die bunten Lichtchen leicht gedämpft noch einmal neben sich selbst wider. Das alles wirkte fröhlich und glückverheißend, doch sie konnten keine bunten Lampen erkennen, auch keine Menschen und kein Fest. Alles war ein flirrendes Leuchten, das mal Gestalt anzunehmen schien und dann doch wieder nicht. Wann immer man etwas zu erkennen glaubte, löste es sich auch schon wieder im Flimmern dieses Lichtes auf. Im Prinzen begann die Neugier zu wachsen und doch war er fest entschlossen, auf die klingende warnende Stimme zu hören. Etwas in ihm schien aufzupassen, dass er nichts tat, das er bereuen müsste. Doch gleichzeitig wuchs das Bedürfnis, mehr über diese geheimnisvolle Welt zu erfahren. Sie kam ihm so eigenartig vertraut vor, obwohl er hätte schwören können, so etwas noch nie gesehen zu haben. Ein starker Sog ging von ihr aus, dem er nur schwerlich standhalten konnte, und plötzlich stieg etwas in seiner Kehle auf. Er nahm alle seine Kraft zusammen und umklammerte den Ast, auf dem er saß, ganz fest mit seinen Krallen, um nur nicht herunter geschleudert zu werden, als ein lauter Ruf wie eine Druckwelle aus ihm herausschoss, ein Ruf, den er in die Weite des weißen Landes hinein ausstieß. Ohne zu merken, was er rief, hallte dieser Ruf nach und der König erschauerte. Mit der

Stimme eines zweijährigen Jungen hatte der Eulen-Prinz das Wort Mama gerufen. So markerschütternd und voller Sehnsucht, so voller Entsetzen über den Verlust. Genau zwei Jahre alt war er gewesen, als seine Mutter fortgegangen war. Konnte er das denn noch wissen? Dem Prinzen gefiel das Spiel mit dem Echo und so rief er noch einmal und immer wieder. Er verstand nicht, was er tat, doch der König wurde dabei traurig, ließ die Flügel hängen und flehte, er möge damit aufhören, es würde ihm ja ganz schwer ums Herz. Erstaunt und ungläubig schaute der Sohn dem Vater ins Eulengesicht, als sich ein feines und angenehm klingendes Glöckchen zu nähern schien. Gespannt lauschten beide und sahen, wie eine Kutsche aus bunten Lichtfleckchen scheinbar schwebend auf sie zukam. Eine Kutsche, auch nur von Farbpunkten gezogen, und darin ein bläulich weißes Licht, ein Strahlen ohne feste Umrisse und doch irgendwie in Form einer menschlichen Gestalt. Dem König wurde angst und bange und er wäre am liebsten davongeflogen; stattdessen schloss er seine großen Eulenaugen und bedeckte sie ganz fest mit seinen Flügeln. Der Prinz hingegen war völlig fasziniert; er hatte einen Laut gerufen, der ihm bekannt vorkam, doch dessen Bedeutung er nicht ahnte, und daraufhin näherte sich etwas Geheimnisvolles, das ihn nun nur noch neugieriger machte. Jetzt wegzufliegen wäre undenkbar gewesen, er riss seine Eulenaugen auf, soweit er nur konnte.

Und der König, obwohl er seine Augen fest verschlossen hatte, sah noch immer alles so deutlich wie zuvor. Er hatte seine einstige Frau, seine Königin, erkannt, und zwar in den formlosen Strahlen weißen Lichts in der Kutsche. Diese leuchtende Gestalt war das Abbild der Frau, die er einst so unermesslich geliebt hatte, doch vor deren gespenstischem Erscheinen er sich nun sehr fürchtete, ja grauste. Er spürte zerrende Spannungen zwischen sich und der weißen Grenze, die Luft schien zu wabern und ließ sich kaum noch atmen. Und er spürte noch etwas in sich, etwas, das er nicht kannte, etwas, das er noch niemals gespürt hatte, allein deshalb machte es ihm Angst.

Dicht an der Grenze hielt die Lichtkutsche mit der strahlenden Gestalt. Ob auch sie nicht weiter durfte oder nur aus Vorsicht hielt, war nicht zu erkennen. Doch die Leuchtfrau verließ die Kutsche und kam die letzten Schritte zu Fuß oder wohl eher schwebend. Je näher sie kam, desto deutlicher war sie zu erkennen. Direkt auf der Linie blieb sie stehen und begann ihres Sohnes einstiges Wiegenlied zu singen, und zwar mit ebendieser Stimme, die der Knabe damals vernommen hatte.

Da flog der Prinz vom Eichenbaum herab, landete direkt auf der Grenzlinie, sah dort eine wirkliche Frau und wusste plötzlich, wer sie war. Direkt auf der Linie hatte er sein Gefieder verloren und sie bildete in all ihrem Leuchten den echten, warmen Frauenleib aus und rief ihn bei seinem Namen. Ohne zu begreifen oder wirklich zu wissen, spürte er die Gewissheit in sich, dass dies seine Mutter sei. Er kniete vor ihr nieder und griff nach ihrer Hand, doch sie entzog sie ihm, bevor er sie berühren konnte. Mit Tränen in den Augen flüsterte sie ihm zu, wie glücklich sie sei, dass gerade er, ihr Sohn, der Auserwählte sei, der alle Frauen erlösen und die Schande, die über sie gekommen war, wiedergutmachen könnte. Ergriffen fragte er, was er denn tun könnte und wollte mehr darüber wissen, was damals geschehen war. Sie aber antwortete ihm, dass auch das herauszufinden noch seine Aufgabe wäre. Doch er müsse eine geheime Führung an seiner Seite haben, das könne sie spüren. Sie trat einen Schritt ins Weiße zurück und ihr Körper ward wieder nur noch Licht. Mit nun seltsam klingender Stimme raunte sie ihm zu, dass er noch sehr viel Kraft aufbringen müsse und vor allem nie und unter keinen Umständen den Glauben an sich verlieren oder seine Überzeugung verleugnen sollte. Seine letzte Waffe sei Schweigen. Doch er konnte schon fast nichts mehr verstehen, denn sie begab sich wieder zur Lichtkutsche zurück. Er flehte, sie solle noch bleiben und ein Klirren antwortete ihm, dessen Klang schon keine Worte mehr ergaben, die er dennoch verstand. Bedrückt trat auch er einen Schritt rückwärts von der Grenze weg und augenblicklich flog er, wieder im Gefieder der Eule, zu seinem Vater auf die Eiche und sagte, „sie kann nicht länger bleiben". Der Vater nahm die Flügel von den Augen, streckte sich und spreizte die Federn. Er drehte seinen Kopf aus der inneren Versenkung und forderte seinen Sohn auf, nun rasch umzukehren. Also flogen sie in einem Stück durch bis nach Hause. Kaum im Schlossgarten angekommen, strebten sie, ohne sich noch einmal umzublicken, jeder in sein Gemach.

○

Dies alles hatte der Prinz dem Weisen erzählt und er erbat sich nun einen hilfreichen Rat, doch der Alte wollte ihm keine direkte Antwort geben. Stattdessen forderte er den Jungen auf, die Antwort auf seine Fragen in sich selbst zu suchen und fest daran zu glauben, sie dort auch zu finden. Und er fügte hinzu, er wolle ihn gern dabei unterstützen und ihm beistehen, wann immer es nötig sei, doch er wolle ihn nun vor allem lehren, erste eigene Schritte zu gehen. Vor allem wolle er ihn lehren, zu erkennen, welchen Schritt er tun wolle, bevor er einfach nur ginge. Der Prinz dankte ihm, jedoch hatte er mehr gewollt. Es verwirrte ihn, dass er nun in sich selbst suchen sollte. Woher könnte er denn das Wissen nehmen, das doch nur ein Weiser haben kann? Immer wieder fragte er das den Alten und der verstand ihn nur zu gut, aber lächelte still. Schließlich erinnerte er ihn an die Worte der Mutter im Traum: Du bist der Auserwählte. Und er wiederholte diese Worte noch einmal ganz leise, so dass der Prinz sich sehr anstrengen musste, sie zu verstehen: „Du bist der Auserwählte. Auch die weisen Alten waren einmal jung, das kannst du mir glauben, und wie es aussieht, bist du jetzt einer von ihnen. Du musst dich nicht anstrengen oder auf etwas warten, das du wirst, nein, du musst nur ganz das werden, das du schon bist!", er beobachtete seinen Schüler. „Blicke in dich hinein, dort findest du eine führende Kraft, suche sie nicht außerhalb, sondern in dir. Diese innere Stimme sagt dir, was zu tun ist, du wirst bald lernen, ihr zu vertrauen. Dann kannst du ihr folgen und tun, was immer sie verlangt, ohne noch lang darüber nachzudenken", der Prinz nickte verstehend und lauschte weiter. „Am leichtesten kannst du deine Kraft in deinen Träumen spüren. Dort lernst du sie kennen, um sie am Tage zu erkennen. Erzähl mir deine

Träume, wann immer sie dir wichtig erscheinen, vielleicht kann ich dir helfen, in dieser unbekannten Welt schneller zurechtzukommen. Obwohl ich glaube, dass du meine Hilfe schon bald nicht mehr benötigen wirst, denn du bist wie dafür geschaffen, mich zu überholen!" - Plötzlich überkam den Prinzen eine seltsame Stimmung. Ein Hauch von Abschied lag in der Luft und Tränen rollten aus seinen Augen. Er schämte sich dafür und wollte sie zurückhalten, doch eigentlich wirkten sie befreiend, und er war auch gar nicht traurig. Er fühlte sich plötzlich erwachsen geworden. Alles Bisherige lag unglaublich weit hinter ihm. Der Abstand wurde groß und größer und nun stand er ganz allein da, in einer neuen Welt, von der er noch so gar nichts wusste. Der Alte fing eine seiner Tränen auf und betrachtete sie wie ein kostbares Schmuckstück: „Die Tränen in den einsamen Nächten deiner Kindheit waren ein Zeichen dafür, dass du dich einmal von uns anderen Männern unterscheiden würdest. Diese Tränen waren über ihre Essenz eine Verbindung zwischen dir und der Macht der Frauen, das wirst du später noch verstehen. Ich wünschte, du hättest eine kluge Frau an deiner Seite. Deren Zartheit und Verspieltheit, ihr unbeschwertes sich dem Leben hingeben und ihre dennoch unentwegt große innere Stärke würden dir Vertrauen in deine eigene Kraft geben. Dein stärkster Gegner sind deine eigenen Zweifel!"

Der Prinz wollte gerade etwas fragen, doch der Alte sah ihm so tief in die Augen, dass er augenblicklich verstummte. Er war auch sehr erschöpft von all dem Neuen und sein Geist brauchte Zeit. Mit einem Mal wurde er so schläfrig, dass er sich augenblicklich hinlegte und einschlief.

Behutsam erhob sich der alte Mann, verließ leise seine Kammer und sorgte dafür, dass niemand den Schlaf des Prinzen stören würde. Dann suchte er die Schlossbibliothek auf und fand den König noch immer in tiefem Schlaf. Der Weise flüsterte ein paar unverständliche Worte durch den Türspalt und ging dann allein zum Frühstück, er hatte Hunger.

○

Der König schlief bis zum Abend und dann auch noch die ganze Nacht hindurch; der Prinz aber war abends aufgestanden und schlenderte durch den Garten. Er verspürte keinen Hunger und auch sonst kein Bedürfnis, außer nach Ruhe und tröstender Geborgenheit. Diese fand er im Garten zwischen all den Bäumen und Sträuchern, die ihre Zweige im zarten Abendwind wiegten. Er betrachtete auch das Rosenbeet, auf dem früher einmal die schönsten Rosen weit und breit gewachsen und gediehen sein sollen; doch daran wollte sich nur noch der alte Gärtner erinnern, der längst zu schwach war, um die Gartenarbeit selbst zu erledigen. Während der Prinz so da stand und die letzten vertrockneten Hölzer der Rosenstöcke anstarrte, da war es ihm, als höre er wieder dieses feine Klingen. Es war anders als im Traum, doch immer deutlicher vernahm er auch hinter diesem Geräusch so etwas wie Worte. Er lauschte und suchte nach dem Ursprung dieses Klingens und dabei entdeckte er zwei kleine Wildtriebe, die neben dem verdorrten Holz zaghaft durch den Boden stießen. Diese beiden grünen Sprosse zogen seinen Blick magisch an. Er trat noch näher zu ihnen und hockte sich davor, schloss die Augen und lauschte wieder. Tatsächlich entsprang aus ihnen dies Klingen und er fühlte, dass es Worte sein mussten, wie die Worte der Mutter, als sie aus dem weißen Land heraus mit ihm gesprochen hatte. Doch so sehr er sich auch bemühte, er konnte nichts verstehen und wurde darüber traurig. Sanft streichelte er die Stängelchen mit nur einem Finger, er liebkoste die jungen Triebe, als seien sie aus Fleisch und Blut. Da rief jemand nach ihm und er erschrak. Als er bemerkte, was er da tat, war es ihm peinlich und er stand auf. Der Stallknecht kam ihm entgegen und der Prinz lief auf ihn zu, um ihn vom Rosenbeet abzulenken. Doch der hatte gar nichts bemerkt und war in Gedanken ganz bei seinen Tieren. Er hielt einen Krug voller frischer warmer Milch in den Händen. Er bot dem Prinzen an, davon zu trinken, weil sie von seiner Lieblingsziege sei.

Seit langem war sie krank gewesen und in dieser Zeit hatte der Prinz sich rührend um sie gesorgt. Nun endlich schien sie genesen zu sein und zum Dank brachte der Stallknecht die erste Milch gleich zum Prinzen. Darüber freute der sich in der Tat. Zu dieser Ziege hatte er eine eigentümliche Verbindung. Wann immer er sich einsam gefühlt hatte, suchte er Trost in ihrer Nähe, und so war es, als wenn sie sich gegenseitig umeinander gekümmert hätten. Nun setzte er den Krug an seine Lippen und trank in großen Zügen und vernahm dabei ein besonders lautes, durchdringendes Klingen der Rosentriebe. Er schickte den Stallknecht zurück zu den Tieren und versprach, in wenigen Augenblicken nachzukommen, um noch heute seine Ziege zu besuchen. Geschwind eilte der Knecht zurück in den Stall, um noch einmal die Gänge zu fegen und das Futter bereitzustellen, welches der Prinz so gerne fütterte. Der Prinz wartete nur darauf, dass er ungesehen war und brachte den Milchkrug eilig zum Rosenbeet. Er goss all die Milch, die noch im Krug war, einem jeden Rosentrieb hin und ihm war, als würden die Triebe im gleichen Augenblick ihre Blättchen vergrößern und sich in edle Rosen verwandeln. Schnell lief er mit dem leeren Krug zum Brunnen und füllte ihn bis zum Rand mit Wasser, ging zum Rosenbeet zurück und goss nochmals die beiden Triebe. Das letzte Dämmerlicht war längst verblasst, nur der Mond schien ihm, als er mit seinen Händen in der Erde scharrte und den Rosen eine Mulde machte. Das letzte Wasser goss er in die frischen Mulden, die ganz silbern leuchteten, da der Mond sich in der verdünnten Milch spiegelte. Der Prinz wusch sich nun seine Hände im Brunnen und spürte einen Schmerz an seiner linken Hand. Da aber besann er sich auf sein Versprechen, in den Stall zu gehen, nahm den Krug und lief auf den Stallknecht zu, der ihn schon erwartete. Am Eingang brannten kleine Öllämpchen und zu den Fenstern und der Tür fiel das Mondlicht herein. Im Inneren des Stalls meckerte seine Lieblingsziege, die ihn offenbar schon von Ferne her erkannte. Als er sie erreichte, sprang sie ihm ungestüm entgegen und stupste ihn immer wieder an, bis er lachen musste. Es ging ihnen beiden gut und so rauften sie ein wenig miteinander wie kleine Knaben. Vom Schein der Öllämpchen am Eingang oder vom Mondlicht gar, wurde ihr Schatten riesengroß an der hinteren Wand abgebildet, da wirkten er und die Ziege wie eine lebendige Erscheinung. Als er dessen gewahr wurde, veränderte sich seine

Stimmung ganz sonderbar und er hielt inne im Toben und betrachtete das scheinbar abgekoppelte Treiben auf der Wand. In diesem Augenblick entdeckte der Stallknecht den blutenden Ringfinger des Prinzen und griff nach dessen Hand, um den Finger näher zu betrachten. Er dachte, die Ziege hätte beim Raufen übertrieben, doch entdeckte er stattdessen zwei Stacheln, die von den verdorrten Rosenbüschen stammten. Er zog sie aus der Wunde und wunderte sich, dass der Prinz es selbst nicht längst getan hatte. Doch der hatte sich um den Schmerz nicht gekümmert und bemerkte ihn eigentlich erst jetzt, als er darauf angesprochen wurde. Er war von all dem Neuen so sehr eingehüllt, dass er sich selbst beinahe nicht mehr bemerkte. Als der Stallknecht im Scherz fragte, ob er denn unter dem alten Rosenlaub gewühlt und nach einem vergrabenen Schatz gesucht hätte, lächelte der Prinz und dachte dabei gewisslich etwas anderes als der Stallknecht vermutete. Sie unterhielten sich noch ein Weilchen über jüngst geborene Tiere und als alles gesagt war, lief der Prinz noch einmal zum Abschied durch den Stall, um alle Tiere anzuschauen und liebevoll zu streicheln. Ganz hinten, in der letzten Ecke war eine Buchse leer, dort hatte sonst ein braver Maulesel gestanden, der sich gern an den Stäben des kleinen Fensterchens in seiner Buchse gerieben hatte. Weil dem Prinzen dieses Kraulbedürfnis aufgefallen war, bedachte er dieses Tier sonst mit besonderer Zuwendung. Als er noch näher an den leeren Platz herantrat, huschte eine Katze aus der Buchse heraus, die dort oben auf dem Balken gesessen hatte. Verwundert drehte er sich nach dem Stallknecht um und erkundigte sich nach dem Verbleib des Maulesels. Doch der Stallknecht antwortete nur zögernd und man merkte ihm an, dass er am liebsten geschwiegen hätte. Der alte Weise sei gekommen und hätte ihn regelrecht beschworen, ihm dieses Tier auszuleihen, nur für eine Nacht, und davon würde ja auch keiner etwas merken; dass ausgerechnet in dieser Nacht der Prinz den Stall aufsuchen würde, hatte ja keiner vorausgesehen. Der Prinz klopfte dem redlichen Knecht aufmunternd auf den Rücken und versicherte ihm, es mache ihm nichts aus, wenn der Weise den

Maulesel auslieh, bei ihm sei er gewiss in guten Händen. Wann immer dieser ein Tier von ihm haben wolle, so könne er es jederzeit herausgeben, auch zu ungewöhnlichen Zeiten, denn dem Alten sei er sehr wohl gesonnen. Der Knecht machte eine Bemerkung zu des Prinzen Liebenswürdigkeit, der aber war schon mit seinen Gedanken woanders und hörte kaum noch etwas von dessen Worten. Freundlich gestimmt, aber gedankenabwesend, verließ er nun den Stall. Wenn der alte Weise plötzlich ein Tier auslieh, was er bisher noch nie getan hatte, so musste das eine große Bedeutung haben wie alles, was der Alte tat. Er sann darüber nach; doch was sollte er denn zu so später Stunde noch tun, um seine Neugierde zu befriedigen?

○

Eine Wolke hatte sich vor den Mond geschoben. Der Prinz tastete sich vorsichtig Schritt für Schritt auf dem nur noch zu erahnenden Weg zum Schloss zurück. Direkt am Schloss wurde es dann wieder heller, die Fassade fing das Licht des Mondes ein, der am Wolkenrand schon wieder auftauchte. Es schien alles so bedeutsam zu sein in dieser Nacht und das Mondlicht vor seinen Füßen wirkte so hell, wie er den Mondschein noch nie erlebt hatte. Dieses Licht aber schien ihn geheimnisvoll zu leiten. Es beleuchtete den Weg zum Brunnen hin und er folgte ihm. Die Wasserfläche glänzte und funkelte und spielte mit dem Licht des Mondes, dass es eine Freude war, sie anzuschauen. Der Prinz bedauerte ein wenig, dass er dieses Schauspiel nicht längst einmal entdeckt hatte und genoss das behagliche Gefühl, vom Garten aufgenommen und umfangen zu werden. Wieder blickte er auf den Wasserspiegel und starrte hinein, als wolle er das Bild, das er sah, mit den Augen berühren. Dabei spürte er eine heftige Müdigkeit aufkommen, die sich, als er sie abzuwehren versuchte, wie eine Kapuze über ihn stülpte. Ihm erschien ein merkwürdiges Bild. Es war, als könne er in gleicher Farbenpracht und mit demselben Leuchten wie unlängst die Kutsche mit der Mutter, Farbpünktchen auf dem Wasser erkennen. Während er so auf das Wasser starrte, erschien ein bläulich weißes Licht, das Körperformen annahm, jedoch andere, als die seiner im weißen Land erschienenen Mutter. Er fragte die farbigen Pünktchen, wer sie denn seien und war sehr überrascht, als ihm plötzlich eine hauchleise Stimme mit feinem Glöckchenklang antwortete: „Ich heiße Isabella, lebe im weißen Land der Frauen und wer ich bin, wirst du später noch erfahren. Mir erschien wie im Traum ein alter Mann auf einem Maulesel. Vor einer Felswand stieg er ab und trat vor eine magische alte Säule. Dort flehte er um ein Zeichen der Frauen. Als ich ihm erschien, bat er mich inständig, dir hilfreich zur Seite zu stehen. Ich konnte mich seiner so dringend vorgetragenen Bitte nicht entziehen, doch nun bin ich überrascht, wie schnell du mich gefunden hast."

Dem Prinzen glühte der Kopf und er wurde mit einem Mal ganz wach. So wach sogar, dass ihm die Lichtpünktchen nun überdeutlich erschienen. Mit geschärften Sinnen nahm er Dinge wahr, die sich im Wasser offenbarten und blickte gebannt in den Brunnen, in dem sich eine eigene Welt zu entfalten begann. Er fragte Isabella, wie sie ihm denn zur Seite stehen wolle, wenn sie doch aus dem weißen Land nur bis in diesen Brunnen kommen könnte. Sie unterbrach seinen Gedanken und antwortete, er solle nicht gleich zu viel erwarten, es sei doch schon ein großer und vielversprechender Schritt, dass sie sich heute hier gefunden hätten. Denn von jetzt an könnten sie jeden Abend, in der Stunde vor Mitternacht, an dieser Stelle beisammen sein, jedoch würde sich stets um Mitternacht ihr Bild im Brunnen wieder auflösen.

Und jetzt war es fast schon so weit, denn der Prinz war erst spät zum Brunnen hingekommen. Sie aber freute sich ebenfalls über die Errettung der beiden Rosen und deutete an, dass auch diese ihn unterstützen könnten, wenn er sie weiterhin pflegen wolle. Dann wurden ihre Worte immer leiser und unverständlicher. Er mochte so gern noch weiter mit ihr reden, aber die Farbpünktchen waren kaum noch zu erahnen und sehr schnell völlig verschwunden. Die eben noch glänzende Wasserfläche wirkte nun dunkel und wie eine verschlossene Pforte in eine andere Welt.

Er rief noch einige Male leise ihren Namen, dabei immer darauf bedacht, dass niemand sonst es hörte. Aber er vernahm nur ein feines Klingen, danach blieb es still. Vielleicht hatte er sich all das auch nur eingebildet? Er wendete sich ab und taumelte vor lauter Müdigkeit. Er wollte nur noch schnell in seine Kammer, doch seine Schritte gehorchten ihm nicht. Bald spürte er nur noch etwas Feuchtes um sich herum, dann nichts mehr. In der Morgendämmerung erwachte er, nein, er wurde geweckt. Er erkannte die leise Stimme des alten Weisen. Dieser blickte schelmisch und doch auch etwas anerkennend auf den Prinzen, der sich im taunassen Grase zu erheben versuchte, doch nun erst einmal seine kalten Beine rieb, damit die Steife daraus verschwände. Etwas drängend half der Alte ihm dann auf, wollte er doch nicht, dass irgendwer sonst den Prinzen hier so fände. Durch ein Türchen, welches dem Prinzen noch nie zuvor aufgefallen war, schlichen die Beiden ins Schloss und zur Kammer des Prinzen. Dort entledigte der sich der feuchten Sachen, ließ sich aufs Bett fallen und bereitwillig vom Alten in eine warme Wolldecke einwickeln. Schon einschlummernd hörte er den Alten von einem gemeinsamen Frühstück

sprechen, zu dem er ihn nachher frisch und erholt abholen wollte und an dem heute gewiss auch der König wieder teilnehmen würde. Wenn der Alte das jetzt schon wusste, so zweifelte auch der Prinz keinen Augenblick daran. Doch ob er diesen Gedanken noch dachte oder schon träumte, merkte er nicht. Dann schlief er tief und traumlos und wurde erst wieder geweckt, als er sich wie versprochen vollkommen erneuert fühlte. Am Frühstückstisch begegnete ihm dann fürwahr sein Vater, sie fielen sich in die Arme und begrüßten sich überschwänglich wie alte Freunde, die sich lange nicht mehr gesehen hatten. Sie tranken heiße Honigmilch und aßen mit großem Appetit alles, was der gedeckte Tisch hergab, und stachelten sich dabei noch untereinander an. Lausbübisch schmatzend verabredeten sie sich für Nachmittag, um gemeinsam auszureiten.
Dem König ging es offensichtlich wieder gut, besser vielleicht, als in den letzten Jahren. Er fühlte sich um viele Jahre jünger und sein Körper war so leicht und unbeschwert, dass er sich wieder sehr gerade und aufrecht hielt.

Am Nachmittag trafen sie sich im Garten und gingen gemeinsam zum Stall. Dort huschte der Prinz am Stallknecht vorbei, kehrte geschwind mit einem Krug zurück und lief schnell damit fort. Kaum zurück, stellte er den Krug ab, bestieg sein Pferd und schmunzelte nur, ohne ein Wort zu sagen, als der Vater ihn fragend anblickte.

Sie ritten querfeldein über Wiesen und schmale Wassergräben, rasteten auf einer Waldlichtung und beide waren sichtlich erfreut über ihren seelischen Frühling.

Auf einer kleinen Anhöhe entdeckten sie ein paar Obstbäume und pflückten sich ein paar Pflaumen, die gerade reif waren und zart und saftig schmeckten. Als der König sich weit in einen Baum reckte und höher und höher hineingreifen wollte, blendete ihn die Sonne und er kniff die Augen fest zusammen. Dem Sohn, der dem Vater helfen wollte, die obersten Früchte zu erreichen, erging es ebenso. Als sie es satthatten, geblendet zu werden, schauten sie zum Boden und hatten lauter Flecken vor Augen. Sie setzten sich hin, lehnten sich an den Stamm des Baumes, rieben sich die Augen und wollten warten, bis die Flecken wieder verschwänden. Doch stattdessen wurden die Lichtflecken bunt, vermehrten sich noch und tanzten erst recht vor ihren Augen. Als sich die Beiden verwundert ansahen, verschwamm das Bild vom jeweils anderen inmitten lauter Farbpünktchen. Erst allmählich wurde das Bild wieder klar, doch wie eine Umrandung ihrer Körperkonturen flimmerten Tausende dieser kleinen Farbpünktchen um sie herum. Sie staunten sehr und fanden es seltsam, doch kam es ihnen auch irgendwie bekannt vor. Der Vater wusste nur nicht, dass der Sohn den gleichen Traum erlebt hatte wie er selbst, der Sohn hingegen hatte nie daran gezweifelt. Als der Vater die bunten Flecken um seines Sohnes Antlitz sah, musste er sich zwar erst einen Ruck geben, bevor er sich entschloss, den Sohn in seinen Traum einzuweihen, aber schließlich begann er so: „Ich weiß eine sehr merkwürdige Geschichte zu erzählen, möchtest Du sie hören?", der Sohn nickte und hörte gespannt zu, was der Vater zu erzählen hatte. Es war ja wirklich eine merkwürdige Geschichte und doch war es nichts anderes, als das, was sie zusammen erlebt hatten, nur eben aus der Sicht des Vaters. Als der geendet hatte, lachten sie beide los, der Eine verlegen und der Andere erleichtert. Als der Sohn dem Vater gegen die Schulter boxte und fragte, warum er ihm das in Form einer merkwürdigen Geschichte erzählt habe und nicht so, als wenn sie es gemeinsam erlebt hätten, da dämmerte dem Vater allmählich, dass sie wohl ein und denselben Traum geträumt hatten. Vorsichtig sagte er zu seinem Sohn, dass es ja wohl kein gewöhnlicher Traum gewesen sein konnte, da sich alles so wirklich angefühlt hatte.

Der Prinz blieb still, denn er merkte, dass der König dies alles ganz anders deutete, als er selbst. Dann äußerte er ganz leise: „Glaube es nur, wir haben das wirklich zusammen erlebt. Aber erzähl es keinem sonst." Das hielt auch der König für ratsam. Zwar rätselte er noch, warum der Sohn glaubte, es zusammen erlebt, statt zusammen geträumt zu haben, doch keiner wollte noch etwas dazu sagen, und so entschlossen sie sich, weiterzureiten. Auf dem Rücken der Pferde im schnellen Galopp durch die Lüfte zu fliegen, wirkte zudem äußerst befreiend.

Das nächste Mal hielten sie an einem Teich. Dort sprang ein Fisch über die Wasserfläche, direkt über eine Seerose, und an seinen glänzenden Schuppen spiegelte sich allerlei Licht, dass es eine Farbenpracht war. Der Prinz zeigte darauf und ihm hüpfte das Herz vor Freude. Auch der König hatte dies Schauspiel mit angeschaut, doch fragte er, wie es denn sein könne, dass sie nun so oft bunte Farbflecke sähen, die sie doch sonst niemals gesehen hatten. Und der Prinz antwortete: „Die Farben sind gewisslich immer da gewesen, nur wir haben wohl nicht darauf geachtet", der König fragte weiter, ob denn nur er oder ob auch der Sohn vorhin unter dem Baum ihn so bunt umhüllt gesehen hatte. „Ja natürlich, wir haben doch beide in die Sonne geschaut", und er setzte hinterher: „Doch es ist schon merkwürdig, wenn du plötzlich anfängst zu flimmern wie die Erscheinung meiner Mutter." Das allerdings mochte der König gar nicht hören, er zwang sich zwar zu einem matten Lächeln, mit dem aber konnte er seinem Sohn nicht viel vormachen.

Eine Weile saßen sie nur so da und schwiegen. Keiner wusste so recht, was er sagen sollte. Da erhob sich der König, um weiterzureiten, denn es würde bald schon dämmern und sie waren noch ein ganzes Stück vom Schloss entfernt. Sonst würden sie erst im Dunkeln dort ankommen und man würde vielleicht anfangen, nach ihnen zu suchen.

Heimwärts nahmen sie einen anderen Weg und so kamen sie durch einen kleinen Wald, den sie gut kannten, doch lange nicht mehr aufgesucht hatten. An einer Stelle machte der Prinz plötzlich Halt, so dass der König ihn mit seinem Pferd beinahe über den Haufen gerannt hätte. Der Vater wollte schimpfen, doch hielt noch im ersten Satz inne und verfolgte den Blick seines Sohnes, der einen riesigen Ameisenhaufen anstarrte. In den Augen des Prinzen funkelte es hell, aber das konnte doch nichts mit den Tieren zu tun haben? Der Vater betrachtete genauer, was seinen Sohn so in den Bann zog. Vor ihren Füßen krabbelten viele Ameisen um einen kantigen, durchsichtigen Gegenstand, hatten ihn an irgendeiner Seite gefasst und zogen, meist rückwärts laufend, alle in eine Richtung. Sie zogen ein glänzendes, gläsernes Stück, das aussah, wie ein Kandiszucker. Der Sohn war von seinem Pferd gestiegen und tippte mit dem Finger an eine Stelle dieses durchsichtigen Stückes. Er wollte die Kraft der Ameisen mit seiner Kraft stärken, doch irritiert blieben sie stehen, liefen dann verstört mal hier lang, dann mal dort lang, immer das Stück in ihrer Mitte. Damit war nur Unruhe eingetreten, der Prinz hatte nicht geholfen, sondern nur gestört. Lachend rief der Vater, der auf seinem Pferd sitzen geblieben war, aber doch zugeschaut hatte: „Du bist eben keine Ameise!" Daraufhin entschuldigte sich der Prinz bei den Tierchen, die allmählich wieder ihre gemeinsame Richtung fanden, und ging nachdenklich zurück zu seinem Pferd. Noch einmal blickte er sich um und dachte, dass man sich bei fremden Dingen wohl lieber nicht einmischen sollte. Doch hörte er da nicht ein feines Klingen? Er fragte seinen Vater, ob nicht auch er etwas gehört hatte, doch der amüsierte sich noch immer über das Verhalten seines Sohnes und hatte gar nichts gehört. Nun ritten sie bis zum Schloss in einem Stück durch. Der Sohn sprach nicht mehr viel, obwohl ihm Seltsames durch den Kopf ging. Und der König war inzwischen schon ein wenig erschöpft vom langen Ausreiten. So verabschiedeten sie sich bis zum Nachtmahl und jeder ging seiner Wege.

Der Prinz legte sich hin und wollte ein bisschen ruhen, doch konnte er die Gedanken an die Ameisen nicht lassen. Und dass er das feine Klingen wirklich gehört hatte, das wusste er gewiss. Leise schlich er sich zum Brunnen, starrte auf die Wasserfläche und rief leise nach Isabella, bekam aber keine Antwort. Da hörte er behutsame Schritte in seiner Nähe. Es war der Alte, das erkannte er, ohne sich umzuschauen. Erstaunt, dass dieser ihn hier suchte, blickte er ihm entgegen. Der winkte ihn zu sich und fragte ihn nach der Zeit und ohne die Antwort abzuwarten, sprach er: „Es ist noch zu früh". Der Prinz wunderte sich, dass der Alte auch das schon wusste, doch der erriet seine Gedanken und lächelte ihn so merkwürdig an, dass sich der Prinz über gar nichts mehr wunderte. Sie gingen zusammen zum Nachtmahl und der König freute sich, dass sie beide gemeinsam erschienen. Es wurde erzählt, gelacht und Wein getrunken, und als nach einigen Bechern dem König ein weiterer eingeschenkt wurde, war ihm beim letzten Schluck so, als hätte er etwas Eigenartiges verschluckt. Ihm war aber aus der großen Karaffe eingeschenkt worden, aus der alle tranken, und so war es doch fast nicht möglich, dass ausgerechnet bei ihm...? Doch da wurde schon wieder erzählt und es wurden Späße gemacht, dass er seine Gedanken im Nu vergaß. Als dann endlich alle zu Bett gingen, wünschte der Alte dem König einen schönen Traum. Der Prinz indessen eilte so schnell er konnte zum Brunnen, um wenigstens noch zu schauen, ob Isabella gekommen wäre. Er brauchte sie nicht zu rufen, denn sie wartete schon lange auf ihn, gleich schon würde es Mitternacht sein. Wie konnte er sie nur so vergessen! Nun war keine Zeit mehr für viele Worte. Obwohl er die liebreizende Erscheinung sah und nicht hätte rufen müssen, hauchte er doch noch herbeisehnend ihren Namen in den Brunnen. Heut war ihm so traurig glücklich zumute vom ersten Augenblick an, in dem er sie erblickte. Da geschah etwas

Sonderbares. Ein Lichtpünktchen ihres hellen Leuchtens löste sich von ihrer Gestalt und schoss als kleiner Kristallsplitter durch die Wasserfläche hindurch, gerade hoch genug, dass er es fangen konnte. Dazu ermahnte sie ihn, es gut aufzubewahren und niemandem zu zeigen, weil es dann zu Tröpfchen zerfallen und sich in Nichts auflösen würde. Wenn er dieses Stück aber bewahren könnte, so würde er noch viele bekommen, so viele sogar, bis er eines Tages zu ihrer wahren Gestalt vorgedrungen wäre; doch dafür würde er viel Ausdauer und Beharrlichkeit brauchen. Während die Stimme sich schon entfernte und kaum noch vernehmbar war, verwischte sich auch das Bild der Lichtpünktchen. Der Prinz beugte sich weit hinunter, bis seine Stirn die Wasserfläche berührte, und versprach von ganzem Herzen, den Kristallsplitter aufzubewahren, zu hüten und alle weiteren sorgfältig zu sammeln. Traurig darüber, dass sie am heutigen Abend noch weniger Zeit füreinander gehabt hatten als gestern, nahm er sich fest vor, sie am nächsten Tag nicht warten zu lassen. War sie doch die einzige weibliche Gestalt in seiner

Nähe, er wollte sie beschützen und fortan immer an sie denken. Noch einmal flüsterte er ihren Namen und spürte dabei ein so starkes Begehren, wie er noch niemals zuvor gespürt hatte. Er schloss den kleinen Splitter fest in seine warme Hand und spürte, dass dieser Kristall selbst in seiner Winzigkeit schon weiche Formen besaß. Schnell suchte er seine Kammer auf, betrachtete beim Schein einer Kerze dieses winzige Stück genau und erkannte, dass es aus gleichem Stoff bestand, wie das hundertmal größere, das die Ameisen getragen hatten. Er wickelte es in ein Tuch und legte ein Buch darauf. Dann legte er sich zu Bett, doch stand bald wieder auf, um das Stückchen besser zu verstecken. Er suchte sich ein altes Holzkästchen, das er als Knabe sehr gemocht hatte, legte den Splitter dort hinein, verschloss das Kästchen und legte es unter sein Kopfkissen.

◐

Am nächsten Tag, gleich nach dem Frühstück, suchte der Prinz nach dem alten Weisen. Sie zogen sich gemeinsam in die Kammer des Prinzen zurück und dort berichtete er ihm von der Begegnung mit den Ameisen. Er fragte ihn nach der Bewandtnis des kleinen Kristalls, den sie trugen und erwähnte auch das Verhalten seines Vaters, der alles, was sie zusammen erlebten, nur befremdlich und seltsam gefunden hatte. Der Weise erklärte, dass der König all das nicht verstehen könne, denn nur er, der Prinz, sei der Auserwählte für die Errettung des Königreichs. Aber, was das Glitzersteinchen der Ameisen mit den verschwundenen Frauen zu tun hatte, das konnte der Prinz nun immer noch nicht verstehen. Darum fragte er nach kurzer Zeit noch einmal nach dem kleinen Kristall. Daraufhin gestand ihm der Alte, dass er ihn in der letzten Nacht am Brunnen beobachtet hatte, zwar weit genug abseits, um ihn nicht zu stören, aber doch nah genug, um zu sehen, dass er ein funkelndes Geschenk bekommen hatte. Der Prinz überlegte, ob der Alte wohl einen Sinn darin erahnte und es ihm nur nicht sagen wollte oder, ob der Weise denn am Ende selber nichts darüber wusste.

Dann stellte er ihm eine Frage, die ihm bisher noch nie in Gegenwart des Alten durch den Kopf gegangen war. Wie konnte es denn sein, dass er zwar weise genug sei, um ihm die ganze Welt zu erklären, besonders auch die Verirrungen der Menschen, und doch die Frauen nicht selbst erlösen konnte? Der Alte erwiderte: „Die Frauen haben den Auserwählten selbst bestimmt, nachdem sie lange gesucht hatten, wer sich dafür eignen könnte. Ich denke, sie hatten sich entschieden, keinen Mann zu wählen, der ihr Verschwinden bewusst miterlebt hatte. Du aber kamst vor allem deshalb in Frage, weil du bereits als Kind in deinen Träumen die Frauen erkannt hast und gern bei ihnen im weißen Land sein wolltest." Der Prinz stutzte und wollte widersprechen, doch eigenartige Erinnerungen huschten durch seinen Kopf. „War ich denn das zuletzt geborene Kind im Land", fragte er. „Das letzte Kind männlichen Geschlechts, soviel ich weiß", antwortete der Alte. „Aber kannst du denn die Frauen nicht auch erkennen und sie aus ihrer Verbannung befreien?", bohrte der Prinz noch einmal nach. Dem Alten machte diese Frage sehr zu schaffen; ein mulmiges Gefühl breitete sich in ihm aus und sein Atem wurde schwer. Warum hatte er sich die letzte Frage des Prinzen niemals selbst gestellt, gab es da etwas, das er nicht erkennen konnte? Während er vage Ahnungen in sich aufkommen spürte, streifte sein Blick den des erwartungsvoll auf Antwort wartenden Prinzen. Der Alte suchte nach Worten und schließlich sprach er: „Ich kann zwar Dinge schauen, die anderen verborgen liegen und kann Fehler erkennen, die sich immer wiederholen. Vielleicht bin ich inzwischen der Frauenseele näher, als die meisten Männer sonst. Doch damals war ich auch nur einer von ihnen und habe nicht verhindern können, was geschah. Ich habe Fehler gemacht und aus ihnen gelernt, nun kann ich dir helfen, solche Fehler zu vermeiden. Ich möchte, dass du deinen eigenen Weg findest und ich hoffe, dass ich dir dabei helfen kann; das will ich, solange ich lebe." Die Ahnungen, die ihn während des Gesprächs beschlichen hatten, behielt er lieber für sich. Es graute ihm selbst davor, er konnte unmöglich darüber sprechen. Umso mehr betonte er: „Dir bis an mein Lebensende beratend zur Seite zu stehen ist alles, was ich für die Frauen tun kann." Bis ans Lebensende des Alten wollte der Prinz aber nicht warten

und entgegnete, er hoffe, die Frauen schon bald zu erlösen. Mit fester Stimme ermahnte ihn der Alte: „Wenn du die Geduld verlierst, so verlierst du alles! Sowohl all deine bereits aufgebotene Kraft, als auch die Kraft, die du zukünftig noch brauchen wirst. Und du wirst sie brauchen! Und zwar so viel davon, als wenn du einen schlossgroßen Felsen von Hand verrücken wolltest. Dies würde, wenn du nicht sorgsam mit deinen Gaben umgehst, eine so riesige Erschöpfung auslösen, die du nie und nimmer überleben könntest. Aber deine innere Kraft ist millionenfach stärker, als die deiner Muskeln. Versetze mit dem kleinen Finger dieses ganze Schloss. Und ich sage dir, Größeres noch wird von dir gefordert werden! An dieser Stelle muss ich dir aber vor allem sagen; es gibt schon jetzt kein Zurück mehr für dich, außer in den Tod. Denke also immer an diese Worte; verliere niemals die Geduld!"
Still nickte der Jüngling und erkannte seinen Übermut und plötzlich überkam ihn das Gefühl, der ganzen Sache überhaupt nicht gewachsen zu sein. Der Alte erriet seine Gedanken und bekräftigte nochmals sein Verspre-

chen, ihm mit all seinen Kräften zur Seite zu stehen. Und er erinnerte vor allem auch an Isabella und ermahnte ihn, den starken Rückhalt, den sie ihm bieten würde und ihre volle Zuwendung nicht zu unterschätzen. Dem Prinzen erschien plötzlich ein Bild seiner beiden Rosen und er dachte dabei an Isabellas Worte; vielleicht würden ihm ja auch die Rosen eines Tages helfen können, doch jetzt waren sie dafür wohl noch zu klein. Er entschloss sich, sobald es niemand merken würde, noch einmal Milch in ihre Mulden zu gießen, vielleicht, so dachte er, wüchsen sie dann schneller.

Der Alte hatte sich erhoben und wollte, da der Prinz in Gedanken versunken zu sein schien, das Zimmer verlassen, um ihn nicht zu stören. Der Prinz bemerkte es und bat ihn zu bleiben. Doch der Alte entschuldigte sich und schlug dem Prinzen vor, ihn erst wieder aufzusuchen, wenn er etwas Dringendes zu fragen hätte. Tatsächlich hatte der Prinz nun erstmals keine Fragen auf dem Herzen und erkennend, dass ihm eigentlich nur die Anwesenheit des Alten gefiel, lachte er frohgemut und winkte ihn fort.

Kaum hatte ihn der alte Weise verlassen, griff der Prinz unter sein Kopfkissen, um sich zu vergewissern, ob die Schachtel mit dem klitzekleinen Splitter noch da läge. Er nahm ihn heraus und hielt ihn zwischen Daumen und Zeigefinger gegen das Licht, das nun in bunte Farben gebrochen, aus dem kleinen Splitter zurückstrahlte. Er erinnerte sich an die Warnung Isabellas, dass sich das Teilchen spurlos auflösen würde, sobald er es jemandem zeigte. Nein, das sollte nicht geschehen! Schnell steckte er es wieder in das kleine Kästchen und verschloss es sorgfältig, nahm es sodann in seine Brusttasche, um es immer bei sich zu haben und so sicher behüten zu können. Sehnsüchtig erwartete er schon jetzt die Nacht, denn heute wollte er pünktlich am Brunnen sein. Er sprang auf und lief zum Stall, dort fragte er den Knecht, ob er nicht etwas frisch gemolkene Ziegenmilch bekommen könnte, sie hätte ihn so herrlich gestärkt. Der Stallknecht lachte brummend und begab sich gleich mit dem Krug zur Ziege. Als er gefüllt war, reichte er ihn dem Prinzen, der huschte damit zur Tür hinaus und rief zurück, dass er gleich wieder-

käme. Verwundert sah der Knecht ihm nach, doch dann verschwand er wieder im Stall.
Vorsichtig Ausschau haltend, dass ihn wirklich niemand sehen könnte, bückte der Prinz sich zu den Rosentrieben herab und schüttete etwas Milch in ihre Mulden. Dieses Mal hörte er das feine Klingen besonders deutlich, die Blätter der beiden Triebe färbten sich tiefgrün und glänzten auf, während es dem Prinzen schien, sie könnten sogar ein kleines Stück gewachsen sein. Da rief der Vater, der ihn von einem Fenster aus gesehen hatte, was er denn da auf dem Boden mache und was er schon wieder für einen Krug bei sich hätte. Der Prinz zuckte zusammen und fühlte sich ertappt bei etwas, über das er nicht reden wollte. Und so log er, dass er im Stall warme Milch für den Weisen holen wollte. Damit gab sich der König zufrieden und verließ das Fenster.
Der Prinz fühlte sich plötzlich sehr erschöpft, brachte den Krug zum Stall zurück, bedankte sich und suchte dann schnell seine Kammer auf. Was war das auf einmal für eine Mattigkeit? Er schlief ein und schlief bis in den Abend. Dann holte ihn ein Diener zum Abend-

essen. Der Alte hatte bewirkt, dass etwas früher gespeist werden sollte, weil das dem Nachtschlaf besser bekäme und keiner hatte etwas dagegen gehabt. Der Prinz war jetzt sogar sehr froh, dass es noch so früh am Abend war. Bei Tisch bemerkte der Vater das blasse Gesicht seines Sohnes und erkundigte sich nach seinem Befinden. Als sein Sohn sagte, dass ihm nichts fehlen würde, lachte der Vater und klopfte ihm auf die Schulter. Während er munter dem Alten zuzwinkerte, sagte er zu seinem Sohn, dass er ruhig auch mal an der frischen Milch hätte nippen können, sie hätte bestimmt auch ihm nicht geschadet. Der Alte tat verständig, auch wenn er dieses Mal den Zusammenhang nicht sogleich erkannte. Verlegen verließ der Prinz die Tafel, entschuldigte sich und flehte mit einem Blick den Alten an. Eilig suchte er seine Kammer auf, er fühlte sich schwach und ihm war recht übel. Einzig der Gedanke an Isabella erfüllte ihn mit neuer Kraft.

◯

Pünktlich eine Stunde vor Mitternacht stand der Prinz am Brunnen und rief Isabella. Es dauerte ein Weilchen, doch dann funkelte die Wasserfläche und die Farbpunkte erschienen. Da war sie wieder, begrüßte ihn aber zurückhaltend und machte einen etwas bedrückten Eindruck. Der Prinz wollte wissen, was ihr wohl fehlte und sie antwortete, dass er eine Bedingung nicht eingehalten hatte. Nun erst recht besorgt fragte er, was sie damit meinte, und sie erinnerte ihn daran, dass er seinen Glauben nicht verleugnen sollte. Doch genau das hatte er heute getan, als der Vater nach der Bewandtnis mit dem Milchkrug fragte. Da ging dem Prinzen ein Licht auf und im selben Augenblick erholte er sich von seiner Schwäche. Er entschuldigte sich und versprach, dass er sich sehr vorsehen werde, damit so etwas nicht wieder vorkäme. Isabella konnte nun wieder lächeln, sie war ihm auch vorher nicht böse gewesen, doch er musste an die Ernsthaftigkeit seines Vorhabens erinnert werden. Eine Stunde lang hatten sie heute Zeit füreinander und der Prinz umarmte den Brunnenrand so leidenschaftlich, dass die Steinkante von seiner Berührung schon ganz warm wurde. Sie plauderten und neckten sich, sie beschrieben sich in ihren Eigenarten, sie lernten sich kennen und mochten sich nur immer mehr. Doch plötzlich, mitten im Plaudern, verloren sich die Farbpünktchen im Wasser; der Prinz hatte gar nicht gemerkt, wie die Zeit vergangen war. Nun rieb er sich die Augen und reckte die Glieder, er musste ja wohl einsehen, dass selbst eine Stunde irgendwann vorüber ist. Im Gehen erinnerte er sich an das Erzählte, besonders an die Mahnung, seinen Glauben nicht zu verleugnen. Niemanden einzuweihen und trotzdem nichts zu verleugnen, das schien ihm zwar ein Gegensatz zu sein, aber er verstand nun seine eigenartige Schwäche, die ihn am Nachmittag übermannt hatte. Nun sah er auch einen Zusammenhang mit den Mahnungen des Alten zur Geduld. Da war ihm wohl heute etwas Kraft verloren gegangen – oh er musste sich noch sehr vorsehen!

Als er in seiner Kammer die Kerzen anzündete, klirrte es ganz leise vor ihm auf dem Boden. Unmittelbar vor seinen Füßen fand er einen winzigen Kristallsplitter, den er freudig aufhob. Isabella hatte daran gedacht und ihm das glitzernde Steinchen wohl noch zugeworfen, bevor ihr Bild im Brunnen verblasste. Vielleicht hatte sich der Splitter ja in seinem Haar verfangen. Er küsste ihn erfreut und legte ihn zu dem anderen in das Kästchen. Er schloss es und wollte es jetzt wieder unter sein Kopfkissen schieben, als er ein Geräusch hörte, das ihn neugierig machte. War es nicht aus ebendiesem Kästchen gekommen? Er öffnete es sachte und lugte hinein, da waren doch wahrhaftig die zwei Stückchen zu einem verschmolzen. Nun besaß er wieder nur einen, dafür aber etwas größeren Kristallsplitter. Er versteckte ihn wieder und war voller Freude über dieses Ereignis. Dann kam die Müdigkeit so heftig über ihn, dass er sich, ohne sich zu entkleiden, aufs Bett fallen ließ und einschlief.

○

Am nächsten Morgen nach dem Frühstück bat der Vater seinen Sohn um einen gemeinsamen Spaziergang. Sofort damit einverstanden, wunderte sich der Prinz über das auffällige Wohlwollen, das sein Vater ihm heute entgegenbrachte.
An diesem Tag war herrliches Wetter und so machten sie einen ausgedehnten Spaziergang

durch den Schlossgarten. Der Vater erzählte seinem Sohn, dass er neuerdings so merkwürdig träumen würde und erkundigte sich bei ihm, ob es ihm womöglich wieder ebenso ergangen war. Aber der Prinz hatte in den vergangenen beiden Nächten endlich mal tief und traumlos geschlafen, wenigstens erinnerte er sich an keinen Traum und so ermunterte er den Vater, ihm seine Träume zu erzählen. Und der König schilderte ihm einen wahrhaft besonderen Traum: „Der Mond stand hoch am Nachthimmel und hat sich plötzlich, fein klingend, zu mir herabgesenkt. Dieses Klingen wurde schließlich so laut, dass es sich wie ein Rufen anhörte. Der Mond blieb gerade vor meinem Fenster stehen und es war mir, als würde er zu mir sprechen, doch Worte konnte ich nicht verstehen. Der Mond reichte mir seinen Arm ins Zimmer und lud mich ein, darauf entlangzulaufen, um in das Mondhaus zu gelangen. Das tat ich und als ich den Rand des großen Lichtballes berührte, verschwand der Arm, der mir als Brücke gedient hatte, und vor mir öffnete sich eine bis dahin unsichtbare Tür, die mich fast einsog. Im Inneren war alles ungemein hell, aber es war kein schönes Licht, sondern nur kalt und blendend. Ich lief innerhalb des Mondes auf einem Netz, das nicht aus Seilen oder Fasern bestand, sondern aus verwobenen Strahlen des Lichts. So gelangte ich immer tiefer in das Innere des Mondes, bis unvermittelt eine entsetzliche Einsamkeit über mich kam. Es war mir, als ob die Kälte um mich herum immer mehr zunahm, doch es war nicht wirklich kalt, ich fröstelte nicht. Bald gelangte ich an eine Stelle, an der die Strahlenwege so verdunkelt waren, dass ich beinahe nicht mehr wusste, wohin ich trat. Unter meinen Füßen fühlte es sich plötzlich schwammig weich und nachgiebig an, so dass ich fürchtete, den Halt zu verlieren und in einen bodenlosen Abgrund zu fallen. Und dann geschah etwas, das ich nicht gern erzählen mag und nur dir, meinem Sohn, anvertrauen möchte. Auf dem sich auflösenden Strahlenweg überfiel mich plötzlich eine so heftige Einsamkeit und Kälte, dass ich in Tränen ausbrach. Ich weinte und weinte, wie ich es noch nie getan habe, als ich aber so viele Tränen vergossen hatte, dass unter mir der Strahlenweg ganz benetzt war, da erhellte sich der Weg wieder und erlangte sein Leuchten zurück. Auf einmal spürte ich etwas Tröstendes in mir. Und mit neuem Schwung und sogar ein wenig Neugierde lief ich weiter voran, bis der Weg vor einer Höhle endete. Der Eingang war mit einem Schleier verhangen, der aber wieder nur aus Licht bestand. Hier rief mich plötzlich eine Stimme von drinnen und verlangte von mir, rückwärts einzutreten, dann würde mir nichts geschehen. Doch ich sollte mich hüten, den Kopf auch nur um das Geringste zu drehen, denn das hätte schlimme Folgen. Aus Angst hielt ich den Kopf ganz steif und ich wusste, dass ich all dem nun nicht mehr ausweichen konnte. Ich hatte mich darauf eingelassen, war dem Weg bis hierher gefolgt, nun musste ich ihn auch bis zum Ende gehen. Tapfer tat ich den ersten Schritt rückwärts, dann noch einen, dann einen dritten, dann befahl mir die Stimme, stehen zu bleiben, die Augen zu schließen, mich umzudrehen und noch vier weitere Schritte zu gehen. Ich führte alles so aus. Als ich aber den letzten Schritt getan hatte, zersprengte es mir den Körper mit einem gewaltigen Druck, doch ohne Schmerz.

Nun wurde mir erlaubt, die Augen zu öffnen, doch mit gesenktem Kopf; ich sollte zuallererst an mir selbst herunterschauen. An dieser Stelle brach der Traum ab. Als ich frühmorgens erwachte, hatte ich keine Erinnerung mehr daran. Doch in der nächsten Nacht träumte ich weiter und am Morgen wusste ich dann alles wieder, den ersten und den zweiten Traum." Gespannt lauschte der Prinz der Erzählung des Königs. „Als wäre ich die ganze Zeit über dort so stehen geblieben, fand ich mich an ebendieser Stelle, an mir herunterschauend, und öffnete gerade die Augen. Da erschauerte ich heftig und erkannte meinen Körper nicht wieder. Ich war nun eine nackte Gestalt aus weißem, leicht bläulichem Licht, das meine Körperform nur schemenhaft abbildete. Da war kein Leib mehr, sondern nur noch Licht. Als ich mich endlich damit abgefunden hatte, schaute ich mich suchend nach der Stimme um, deren Weisungen ich bis jetzt gefolgt war. Ich entdeckte aber nur einen großen gläsernen Haufen, der wie eine Pyramide aus leuchtenden Kristallen aussah. Wer bist du und warum hast du mich hierher geführt, fragte ich in die Stille hinein.

Da begannen die Kristalle hell aufzuleuchten und die Stimme antwortete mir: ‚Ich bin kein Mensch, bin weder Mann noch Frau, ich bin die Stimme des Mondes, und ich habe dich in mein Reich eingeladen, um deine Augen für die verborgenen Dinge der Welt zu öffnen. Einen Teil davon sollst du hier sehen und dich im Innersten berühren lassen. Komm näher, meine Diener werden dich führen. Folge ihnen immer nach, verliere sie nicht aus den Augen und halte nur an, wenn sie stehen bleiben. Du musst ihnen unbedingt gehorchen, denn in meinem Reich können sich Menschen allein nicht zurechtfinden. Halte dich an diese Gebote, sonst wirst du nicht mehr in deine Welt zurückkehren können. Hier aber wärest du gefangen und unerlöst, überlege dir also gut, was du tust.'

Ehrerbietig verneigte ich mich vor der Mondpyramide; soweit ich mich erinnern kann, habe ich mich so noch niemals vor jemandem verbeugt. Ich trat nun beiseite und sah zwei springende Kristallsplitter zu meinen Füßen, entweder waren sie nur aus Licht, oder sie bestanden aus dem gleichen durchsichtigen

Stoff, wie die Mondpyramide; so winzig, wie sie waren, konnte ich das nicht eindeutig erkennen. Die zwei Lichtpunkte schwebten kurz über dem Strahlenweg und waren offensichtlich die Diener des Mondes, denn ich wurde nun von einer zweifachen Stimme aufgefordert, zu folgen. Ich rief der Mondpyramide noch einen dankenden Gruß zu und folgte dann den Dienern. Sie hüpften durch eine Spalte, durch die ich mit meinem Leib niemals hindurchgepasst hätte, selbst so in meiner Lichtgestalt staunte ich, dass es überhaupt möglich war. Dahinter eröffnete sich eine unermessliche Weite, in der ich nichts anderes sah, als nur dieses ausgebreitete Netz aus Strahlen. Die Diener des Mondes schwebten darauf entlang. Auf einzelnen Lichtsprossen konnten sie sich sowohl aufwärts als auch abwärts bewegen, auf anderen nur nach links und rechts, doch auf manchen sogar in jede Richtung. Das war für meinen Verstand unfassbar. Eine ganze Welt, ausgefüllt mit einem Gitter aus Strahlen, auf denen man sich entlang bewegen konnte. Die Diener trieben mich zur Eile an und so musste ich folgen, ohne in Ruhe alles anschauen zu können. Von einem Punkt aus konnte ich verschiedene Bereiche sehen, in denen das Netzwerk von Höhlen unterbrochen war, die meinen Blick magisch anzogen. Eine dieser Höhlen war völlig in rotes Licht getaucht, eine andere jeweils in grünes, blaues oder gelbes. Vom umgebenden Licht geblendet, konnte ich nicht viel erkennen und nur Bewegungen und eine ständige Veränderung des Bildes wahrnehmen. Die Diener ermahnten mich erneut, mich zu beeilen. Fast hätte ich sie aus den Augen verloren, da blieben sie stehen, aber nicht etwa, um auf mich zu warten, sondern, weil sie mir etwas zeigen wollten. Eine pechschwarze Höhle tauchte dicht neben mir auf und lag keineswegs so weit entfernt, wie zuvor die bunten unter uns. Plötzlich hörte ich ein schreckliches Wimmern und Heulen, so als ob Wölfe dort eingesperrt wären. Ich mochte gar nicht näher hinschauen, so grauste es mir. Die Diener gingen weiter und dieses Mal folgte ich ihnen gern und eilig. Als nächstes zeigten sie mir eine Höhle, die aussah, wie ein Abbild der Welt der Menschen. Dort erblickte ich eine Stadt und Wiesen und

Wälder, auch ein Schloss und einen Garten und einen Brunnen und erkannte mit Schrecken, das waren ja *mein* Schloss, *mein* Garten, *mein* Brunnen. Nachdenklich betrachtete ich die Höhle. Alles, was ich darin gesehen hatte, fühlte sich nicht vertraut und angenehm, sondern merkwürdig bedrückend an, obwohl ich so manchen Platz erkannte, der mir lieb und teuer ist. Gern hätte ich noch länger geschaut und herausgefunden, was denn nicht stimmte, doch die Diener setzten sich schon wieder in Bewegung."
Der König schilderte seinem Sohn seinen Traum gerade so, als wenn er ihn noch einmal erleben würde. Die Worte seines Vaters stimmten den Prinzen nachdenklich, er schaute den Vater verwundert an und war begierig, noch mehr zu erfahren, während der König weitererzählte: „Bald darauf erreichten wir eine Höhle, da standen nackte Frauen dicht an dicht mit unsagbar traurigen Gesichtern. Beschämt wurde ich mir meiner eigenen Nacktheit bewusst, die unentdeckt blieb, während die Frauen unverhüllt und ahnungslos meinen Blicken ausgesetzt waren. Aber keine blickte

zu mir hin und so konnten sie mich nicht sehen. Ein paar Schritte weiter entdeckte ich in einer leuchtendbunten Höhle fröhlich spielende Kinder. Sie hopsten unbeschwert herum, aber nur im Vordergrund. Im fahlen Licht des hinteren Teils der Höhle jedoch standen sie still wie die Frauen eben zuvor und hatten ernsthafte Gesichter. Die Diener drängten mich weiter. In der nächsten Höhle saßen zwei Eulen. Sie schliefen anscheinend, denn die großen Augen blieben geschlossen. Ich fühlte mich den Eulen sehr vertraut und war versucht, einen Schritt auf sie zuzugehen. Doch energisch hüpften die Lichtpunkte auf meinen Lichtfüßen herum und hielten mich davon ab. In der nächsten Höhle krabbelten Ameisen, die so groß wie Menschen waren. Dieser Anblick erinnerte mich an etwas, doch ich kam nicht darauf, an was. In der folgenden, sonst leeren Höhle erkannte ich dich, mein Sohn. Ich sah dich dort hocken, dich dann langsam aufrichten und zuletzt kerzengerade vor mir stehen. Doch dein Gesicht wirkte ausdruckslos und wie im Schlaf. Achtlos wollte ich weiter, die Diener aber versperrten mir mit einem ‚Bleibe noch!' den Weg. An die auferlegten Gebote denkend blieb ich stehen, empfand es aber als verschwendete Zeit. Ich hätte lieber noch weitere Geheimnisse entdeckt, bevor ich wieder auf die Erde zurück musste. In diesem Augenblick sah ich dich deine Augen öffnen, die Arme heben und sie wie Schwingen bewegen, als wolltest du fliegen. Und dabei riefst du, nur leise hörbar, den Namen Isabella. Das erschien mir sehr seltsam, kennst du doch außer deiner Mutter sonst keine Frauen, und deine Mutter hat einen anderen Namen."

Wie vom Blitz getroffen blieb der Prinz stehen, blickte suchend um sich, setzte sich sodann unter einer alten Buche auf eine Steinbank und bat seinen Vater, sich daneben zu setzen. Der Sohn schüttelte fassungslos den Kopf, schlug sich die Hand auf den Mund und stieß einen Seufzer aus. Sein Vater rekelte und streckte sich, bevor er fortfuhr und der Prinz gespannt seinen weiteren Worten lauschte: „Wie ich dir gerade erzählt habe, riefst du in meinem Traum den Namen Isabella. Danach hast du deinen Leib mit beiden Armen umfasst und dich hin und her geschwungen, als wenn du mit jemandem getanzt hättest. Doch im nächsten Augenblick warst du schlagartig hellwach, hast still und aufrecht dagestanden mit einem freundlichen, aber verschlossenen Gesicht. Aus dem Hintergrund trat ein Schatten hervor, doch die Gestalt blieb unerkennbar. Während der Schatten sich wieder auflöste, hat sich dein Gesichtsausdruck abermals verändert. Du sahst nun klug und beinahe weise aus, aber auch unendlich traurig und leidend. Du begannst, heftig zu weinen und das erinnerte mich an meine eigene ungewöhnlich tiefe Traurigkeit, die ich während der Annäherung an den Mond empfunden hatte. Deine trostlose Stimmung sprang auf mich über und überrollte mich wie eine Flutwelle. Doch im selben Augenblick trat eine helle Lichtgestalt aus dem Hintergrund hervor und hockte sich auf den Boden. Auch du hast dich dann langsam zu Boden sinken lassen, hast zu weinen aufgehört und dich niedergelegt. Die helle Gestalt hielt schützend beide Hände mit gespreizten Fingern über deinen ausgestreckten Leib, während du eingeschlafen bist."

Im Schatten des Baumes wurde es langsam kühl und so erhob sich der Prinz, der bis zuletzt wie gebannt den Worten seines Vaters gefolgt war. Er wollte nun aber lieber den Spaziergang fortsetzen, um die Gedanken in Bewegung zu halten. Im Gehen nahm der König seine Erzählung wieder auf: „Als ich dich in meinem Traum mit der Lichtgestalt über dir am Boden liegen sah, wurde mir ganz flau und ich glaubte schon, verborgene Bedeutungen darin zu erkennen. Doch mir erschloss sich kein erkennbarer Sinn. Aber die Diener des Mondes bewegten sich weiter. Sie mussten mich mehrmals nachdrücklich rufen, denn ich war ganz in Gedanken versunken und schaute noch einmal zurück auf all das rätselhafte Geschehen. Es kam mir irgendwie bekannt vor, doch wie sollte es denn, wenn ich nichts davon verstand. Es war wie eine Erinnerung an lang vergessene Zeiten, die nur als Gefühl in mir auftauchte, und sich dann doch nicht deutlich zeigte. Aber es half alles nichts, ich musste den Dienern folgen. Sie bewegten sich auf dem Strahlennetz fort und, wenn noch weitere Höhlen auftauchten, dann lagen sie nicht auf unserem Lichtstrahl, sondern etwas tiefer oder über uns oder seitlich von uns entfernt. Plötzlich gelangten wir an eine Stelle, an der die Strahlen endeten und der Weg vor uns verschwand. Ein Loch im Licht-Netz und doch auch keine Höhle. Die Diener zögerten nicht und sprangen, trotz der weiten Entfernung, einfach darüber und verlangten dies nun auch von mir. Ängstlich zögernd setzte ich zum Sprung an und merkte dabei, dass auch ich ganz leicht über den Abgrund schweben konnte. Von da an kam es mir vor, als bewegten wir uns eine Weile im Kreis. Es ermüdete mich und ich hätte gern einmal Rast gemacht, doch an eigenes Wollen war hier nicht zu denken. Dann tauchte noch einmal eine Höhle auf, eine, die aussah, wie ein leeres Zimmer. Die Diener verlangten von mir, ich solle hineingehen und so lange bleiben, wie ich wolle, dann aber auf der anderen Seite herauskommen; dort würden sie geduldig auf mich warten. Einen Moment zuvor wäre ich noch froh gewesen über einen Ort der Ruhe, doch die Art, wie sie von mir forderten, dort hineinzugehen, ließ mir die Einladung eher unheimlich erscheinen. Ich wusste, dass ich gehorchen musste und begab mich gleich und ohne zu murren in die Höhle. Kaum im Inneren angekommen, zerteilte eine große messerscharfe Klinge, die von oben herabfiel, meinen Lichtkörper in zwei Hälften. Und aus jeder Hälfte entwickelte sich wieder ein Ganzes, doch beide Gebilde erschienen in menschlicher Gestalt. So stand ich mir plötzlich selbst gegenüber, doch wusste nun nicht mehr, welcher der beiden ich war, beide verhielten sich gleich. Musterte der Eine den Anderen neben sich, so tat dieser das ebenfalls, so dass sie sich vorsehen mussten, dabei nicht mit ihren Köpfen zusammenzustoßen. Einmal passierte es dennoch, aber es geschah ohne Schmerz, zwischen ihnen zuckte nur ein kurzer Blitz auf, wie der Schreck, der sie durchfuhr. Allmählich fügten sie sich in ihren gespaltenen Zustand und der Eine zog sich in die eine Ecke des Zimmers zurück, der Andere aber strebte zur entgegengesetzten Ecke. Der Erste hockte sich auf den Boden, kreuzte die Beine, streckte den Rücken, hielt den Kopf aufrecht und schloss die Augen; auf seinen Augenlidern flimmerten bunte Lichtchen. Der Andere wendete dem Sitzenden den Rücken zu, doch kurz darauf erfasste ihn eine merkwürdige Unruhe. Er begann, im Zimmer auf und ab zu schreiten, verschränkte dabei seine Arme auf dem Rücken und sah sehr unzufrieden aus. Vom langen Umherlaufen ermüdet, suchte auch er eine Ecke auf. Von dort erblickte er den Sitzenden und staunte über dessen friedliche Ausstrahlung. Eine plötzliche Müdigkeit zog ihn zu Boden und er schlief ein, ohne das Gesicht vom Ersten abzuwenden. Kaum eingeschlafen, erhob er sich wieder, tastete sich ohne die Augen zu öffnen mit den Händen an der Wand entlang, bis er auf den Sitzenden stieß. Bei ihrem Zusammenstoß lösten sich beide Erscheinungen auf und am Boden lag nur noch ein Scherbenhaufen aus durchsichtigen Kristallsplittern, die hell leuchteten. Das Leuchten wuchs empor, bis es schließlich eine Gestalt bildete. Eine Lichtgestalt, die nichts anderes war, als ich selbst, so wie ich in die Höhle eingetreten war. In diesem Moment erinnerte ich mich an die Worte der Diener, an der gegenüberliegenden Seite der Höhle herauszutreten und war sehr erleichtert, dort auch wirklich die beiden Wartenden zu treffen. Die Diener des Mondes schwebten wieder voran, wurden dabei immer schneller und mir fiel es schwer, ihnen zu folgen. Ich kam mir nun eigenartig schwer vor und konnte mich nur mit Mühe meiner plötzlichen Mattigkeit erwehren.

Ich glitt auf dem Lichtstrahl entlang, ohne mich noch umzuschauen, nur immer bemüht, nur ja bis zuletzt durchzuhalten und den Dienern unmittelbar zu folgen. Eine große Angst beschlich mich, sie im letzten Moment doch noch aus den Augen zu verlieren und dann für immer gefangen zu sein. Doch ich wollte fort, nichts als fort. So merkte ich gar nicht, wie wir plötzlich vor der Mondpyramide ankamen.

Ich vernahm die Stimme des Mondes, der mich dazu beglückwünschte, dass ich diesen Ausflug ins Unbekannte wohlbehalten überstanden hatte und mir verkündete: ‚Du hast Dinge geschaut, die dich tief berührt haben, doch du wirst sie bald schon besser verstehen und auch nutzen können, wenn du die Nähe zu deinem Sohn suchst und diese zu schätzen und zu pflegen lernst.' Dann forderte er mich auf, diesmal vorwärts durch den Lichtvorhang zu

treten und verbot mir eindringlich, mich umzuschauen. Ich sollte dann wieder auf dem Arm des Mondes in mein Gemach hinabsteigen. Erleichtert bedankte ich mich und wandelte zurück.
So endete der Traum, der mich seit dem nicht wieder loslässt."

○

Eine Wolke hatte sich vor die Sonne geschoben, den Beiden wurde kühl und sie wollten ins Schloss zurückkehren. Der Vater hatte seinem Sohn die beiden Träume eingehend geschildert, mehr hatte er nicht zu berichten. Der Prinz war immer noch über alle Maßen erstaunt: „Du hattest einen wunderbaren Traum, Vater, ich beneide dich darum und freue mich für dich und es ist ganz sicher gut, dass du mir gleich alles berichtet hast. Wir werden wieder zusammenkommen und bis dahin bewahre alles gut in deinem Gedächtnis; lasse die Bilder auf dich wirken. Ich muss heute noch den Weisen treffen und außerdem will ich Isabella rechtzeitig aufsuchen." Und während er letzteres sagte, beobachtete er seinen Vater und beendete dann das Gespräch mit den Worten: „Vater, vertraue mir nur, wir werden alles zu einem glücklichen Ende führen."

Dem König wurde klar, dass vieles, das ihm noch ein Rätsel war, sein Sohn bereits verstehen konnte. Und so spürte der Vater durchaus schon ein immer stärker werdendes Vertrauen in die Fähigkeiten des Prinzen.

○

Doch jetzt sollte der König seine merkwürdigen Träume für eine Weile vergessen und wieder seinen königlichen Pflichten nachgehen. Der Minister hatte ihn schon einige Male gebeten, sich wieder vermehrt der Politik des Landes zuzuwenden. Also besann sich der König wieder auf seine Rolle als Regent und bestellte den wartenden Minister zu sich. Inmitten der Beratung jedoch schweiften seine Gedanken wieder ab, so sehr er es auch zu vermeiden suchte. Er hatte noch die letzten Worte des Prinzen als Nachhall im Ohr und die wurden nun immer lauter und übertönten die Worte des Ministers. Erst jetzt bemerkte der König, dass der Prinz von einer Isabella gesprochen hatte, die er rechtzeitig aufsuchen wollte. Und das waren wirklich die Worte seines Sohnes; sie stammten nicht etwa aus seiner eigenen Mondgeschichte. Und so geschah es, dass der König mitten im Gespräch aufsprang und mehrere Male ausrief: „Das kann nicht sein, das kann doch gar nicht wahr sein!" Verblüfft sprang auch sein Minister vom Tisch auf und wollte zur Türe hinaus, so hatte er den König ja noch nie erlebt. Der aber beruhigte sich wieder und bat den Minister, das Gespräch fortzusetzen, als wenn nichts geschehen wäre. Obwohl der ihm anbot, vielleicht doch lieber ein anderes Mal wiederzukommen, bedeutete ihm der König, mit dem Bericht fortzufahren. Beflissen fasste der Minister alles Gesagte noch einmal zusammen. Und erst, als er erkannte, dass nichts von all dem des Königs Sinn erreichte, erhob er sich leise und schlich aus dem Raum.

◐

Der König starrte gedankenverloren vor sich hin und hatte den Blick nach innen gerichtet. Ihm erschienen ungewöhnliche Bilder und auch ein magerer grauer Zwerg, an den sich der König plötzlich wieder gut erinnern konnte. In seiner Kindheit, wenn der königliche Hoflehrer gekommen war, um ihn zu unterrichten und wenn er so viele schwierige Dinge auswendig wissen sollte, da war ihm oft der graue Zwerg erschienen, mit den dünnen schlaksigen Gliedern, den großen tiefliegenden Augen und den langen, wuscheligen Haaren. Den hatte er manchmal gefragt, warum er denn so vieles lernen solle, und der hatte ihm geantwortet: Nimm dir nicht zu Herzen, wie viel du kannst oder wie gut du etwas kannst, sondern bemühe dich stets in allem um das dir Mögliche! Was immer du zu tun vorhast, mache es so gut und so rasch, wie nur möglich, dann wird dir daraus Kraft erwachsen. Berühre die Dinge mit deinem Herzen, dann wird dir alles, was du tust, viel leichter fallen und sogar Freude bereiten. Ohne Freude lernst du Dinge nur auswendig und vergisst sie wieder. Doch wenn du sie berührt hast, halten die Dinge sich an dir fest und lassen dich nicht wieder los; dann bleiben sie mühelos bei dir.

Heute sah der Zwerg ganz bekümmert und auch noch viel hutzeliger als früher aus. Bedrückt sah er den König an, sagte aber nichts, bis der König ihn direkt fragte, warum ihm denn so traurig zumute wäre. Darauf antwortete der Zwerg: „Wie sollte ich denn fröhlich sein? Du hast mich doch verbannt und fast verhungern lassen. Nur im Traum hast du manchmal für mich gesorgt und mich kürzlich sogar reichlicher bedacht als jemals. Ich war ja beinahe schon gestorben. Jahrelang hab ich mir deine spärlichen Traumgaben eingeteilt, so gut ich konnte, doch oft kam für viel zu lange Zeit überhaupt nichts bei mir an. Und da fragst du mich, wie es denn sein kann, dass ich so traurig ausschaue?" Der König war überrascht, denn er hätte nie vermutet, dass *er* sich um den Zwerg kümmern sollte; hatte *der* sich denn früher nicht stattdessen *um ihn* gekümmert? Er ahnte nicht, dass das von ihm abhängig war, er ahnte auch nicht, wie er das bewerkstelligt hatte und er verstand erst recht nicht, wie der Zwerg dennoch etwas von ihm bekommen haben sollte. In seinen Träumen habe er ihn versorgt, hatte der Zwerg eben gesagt, doch wie, wenn er doch schon seit Jahren beim Aufwachen keine Traumbilder mehr bemerkt hatte? Er bat den Zwerg um

Verzeihung, schien doch selbst dies merkwürdige Geschehen in sein neues Leben hineinzupassen. Und wie so oft in letzter Zeit wirkte das Unvorstellbare dennoch sehr wahrhaftig. Etwas in ihm stimmte schon Kopf-nickend und verstehend zu, während er noch ungläubig die Augen aufriss und keinen Sinn zu erkennen glaubte.

Wie, um sich zu entschuldigen, erzählte der König dem Zwerg von den vielen Problemen im Königreich. Er schilderte in allen Einzelheiten, wie die Frauen eines Tages allesamt verschwunden waren und erzählte von seinem Sohn, der ein sehr merkwürdiges Kind gewesen sei. Er erwähnte den weisen Alten, der so vieles verändert hatte; sowohl im Schloss als auch bei dessen Bewohnern. Der König berichtete, dass neuerdings seine Träume natürlicher und echter wirkten, als die Wirklichkeit. Er merkte gar nicht, während er so erzählte, dass der Zwerg zu allem heftig den Kopf schüttelte. Um den König im Redefluss zu unterbrechen, kreischte der Zwerg auf und es war eine Mischung aus Lachen und Heulen. Es klang so furchtbar, dass dem König, der sich irgendwie aufgeplustert hatte, die Luft ausging und er in sich zusammensackte. „Du verdrehst ja die Dinge in deinen Geschichten bis zur Unkenntlichkeit!", schimpfte der Zwerg. „Hätte ich es nicht selbst erlebt, würde ich nicht wissen, wovon du da sprichst." Der König war verblüfft. Wie konnte der Zwerg, der doch wohl verschwunden war, dennoch alles mitbekommen haben? Allein, dass der König dies dachte, machte den Zwerg unendlich traurig. Er konnte nun zwar wieder mit dem König sprechen und von ihm gesehen werden, jedoch erkennen konnte der ihn nicht; es war nicht mehr so wie früher. Jede aufgeflammte Hoffnung verflüchtigte sich im Nu, er wurde noch kleiner und noch grauer, seine Stimme wisperte, als er den König zuletzt bat, ihn nicht wieder zu vergessen. Noch einmal schaute er mit seinen traurigen Augen in die des Königs und versuchte dort etwas zu finden, das ihn trösten könnte. Doch er fand nur großes Mitleid; und das war nicht das, wonach er gesucht hatte. Er fühlte sich verkannt und nutzlos und wusste doch auch, dass der König dies nicht beabsichtigte. Wenn er ihn leiden ließ, dann aus Unvermögen, in ihm das zu sehen, was er war. Vielleicht würde noch ein Wunder geschehen und die Hindernisse könnten sich wieder auflösen. So, wie sich der Zwerg jetzt vor den Augen des Königs auflöste.

○

Der König starrte noch eine Weile in die Luft und versuchte die Stelle auszumachen, an der er den Zwerg gerade noch gesehen hatte. Doch allmählich zweifelte er an sich und seinem Verstand, da er immer häufiger das alltägliche Leben nicht von der Traumwelt unterscheiden konnte. Das löste heftiges Unbehagen in ihm aus. Als König durfte ihm so etwas nicht passieren. Er raffte seinen Umhang zusammen und verließ den Audienzsaal. Hoffentlich hatte sein Minister nicht Recht, wenn der befürchtete, dass er, der König, seinem Amt wohl nicht mehr so ganz gewachsen sei. Doch die Sorgen des Ministers hatte er nicht teilen können; eigentlich ging es dem Königreich doch gut. Niemand bedrohte das Land, die Ernten waren gut und für alle war gesorgt. Warum sollte er sich beunruhigen lassen, nur weil der Minister glaubte, er, als König, tue zu wenig für sein

Amt; vielleicht nahm sich der Minister in seinem auch einfach zu wichtig.

○

Der Prinz erzählte indessen dem Weisen die Mond-Träume seines Vaters und der Alte war sehr erfreut darüber und machte dem Prinzen Hoffnungen auf eine bedeutende Wende. Und die ließ auch nicht mehr lange auf sich warten. Aufgeregt stürmte der König in die Kammer seines Sohnes, begrüßte die Beiden nur flüchtig und sprudelte gleich los: „Der graue Zwerg aus meiner Kindheit war wieder da! Er war mir sogleich gänzlich vertraut, obwohl ich ihn ewig nicht mehr gesehen habe, ich hatte ihn eigentlich schon längst vergessen ..., – doch jetzt komm mit mir, ich muss dir etwas Erstaunliches zeigen!", ungeduldig zog der König den Prinzen am Ärmel. „Komm schnell, das musst du dir ansehen, sonst wirst du es mir nicht glauben! Die Rosen im Garten leuchten in glühenden Farben und duften ganz unbeschreiblich, aber nun können sie auch noch klingen, als wären sie voller winziger Glöckchen." –

○

Was war geschehen? Nach dem Gespräch mit dem Minister und erst recht nach dem Erscheinen des Zwerges hatte der König gehofft, die Stille des Gartens könnte vielleicht seine aufgewühlten Gedanken besänftigen. Während er noch überlegte, wie er dem Zwerg eine Freude machen könnte, war er in den Garten gegangen. Dort schlenderte er ziellos umher, genoss die klare Luft, die ihn zu liebkosen schien, und entdeckte plötzlich ein Wunder. Die Lieblingsrosen seiner einst so geliebten Gemahlin standen in voller Blüte, mitten unter den vertrockneten Rosenhölzern. Er traute seinen Augen kaum, lief eilig zu ihnen hin, um an ihnen zu riechen, ob wohl auch der Duft so wie einst wieder seine Sinne berauschen könnte, da vernahm er ein sanftes Klingen. Eine Weile stand er nur so da, lauschte und betrachtete dies Wunder, doch dann lief er geschwind zu seinem Sohn, um ihm davon zu berichten. – Als der Prinz die Worte seines aufgeregten Vaters vernommen hatte, sprang er auf und erreichte seine Pflegekinder noch bevor der König begriffen hatte, dass sein Sohn das Zimmer verlassen hatte. Mit ruhigen Worten und dem Klang seiner Stimme dämpfte der Alte den Eifer des Königs, der dem Prinzen eilig folgen wollte, und zeigte seine tief empfundene Freude über die Neuigkeiten. Während sie beide dem Rosenbeet zustrebten, wies er hier und da auf die Schönheiten des Gartens hin und lenkte den König unmerklich von der Eile ab, mit der er die magischen Rosen erreichen wollte. Der Prinz aber umarmte vorsichtig die Rosenbüsche, die sich über Nacht so verwandelt hatten. Die jungen Triebe waren nun inmitten solcher Pracht versteckt, dass selbst der Prinz die einstigen Wildsprosse nur noch schwer erkennen konnte.

Der Stallknecht kam angelaufen, brachte einen Krug mit frischer Milch und rief dem Prinzen zu, dass es heute ganz besondere Milch sei, da seine Ziege Junge bekommen habe. Er war ganz aufgeregt, doch trat dann erschrocken zurück, verbeugte sich vor dem plötzlich vor ihm stehenden König und entschuldigte sich für das unbeabsichtigt unhöfliche Benehmen. Der Prinz tätschelte dem Stallknecht, der den

Milchkrug immer noch fest umklammert hielt, aufmunternd die Schulter.

Der König aber kam aus dem Staunen gar nicht mehr heraus: Stallknecht, Krug, frische Milch, Rosenbeet; er kratzte sich am Ohr und legte die Stirn in Falten. Da ergriff der Prinz den Milchkrug, goss einem jeden Rosenstrauch etwas in die, nun kaum noch sichtbaren, Mulden und brauchte niemandem ein Wort zu sagen. Der König hatte jetzt späte Antwort auf die Frage nach dem Sinn des Milchkruges, den er schon zweimal in den Händen seines Sohnes gesehen hatte; sowohl vor dem gemeinsamen Ausritt, als auch vom Fenster aus. Auch der Stallknecht konnte sich nun das geistesabwesende Fortlaufen und Wiederkommen des Prinzen erklären. Und der weise Alte stand wissend lächelnd dabei und lauschte ergriffen dem Klang der Rosensträucher. Auch die Anderen horchten auf das Klingen und es erschien einem Jeden, als würde plötzlich der Duft noch stärker, das Laub noch glänzender, die Farbe der Blüten noch leuchtender.

Da erklärte der König ein Fest. Er wollte ein so großes Fest geben, wie es seit Jahren keines mehr gegeben hatte, und zwar drei Tage lang, von morgen Abend an. Heute noch müssten die ersten Vorbereitungen getroffen werden! Aus dem ganzen Königreich sollten alle eingeladen werden. Der König wünschte sich ein Fest des Friedens und der Harmonie.

Und so wurde bald schon damit begonnen, zu kochen, zu backen und zu schmücken, dass es die reine Freude war.

○

Als der Prinz am Abend vor den Brunnen trat und die sehnsüchtig von ihm erwartete Isabella erschien, strömten dem Prinzen Tränen der Freude übers Gesicht, denn gleich zur Begrüßung schoss ein solch riesiger Kristall aus dem Wasser heraus, dass er ihn kaum fangen und auf den Boden legen konnte. Beim Blick auf die Wasserfläche konnte er Isabella in ihrer natürlichen weiblichen Gestalt erkennen. Sie hatte einen weiten gläsernen Mantel um, den sie nun soweit von den Schultern auf die Arme gleiten ließ, dass sie unbedeckt anzuschauen war. Sie lächelte dem Prinzen zu und zog dann den kristallenen Mantel wieder auf die Schultern zurück, glücklich und erleichtert, dass der Mantel sie nun nicht mehr einschloss.

Voller Sehnsucht streckte der Prinz ihr seine Arme entgegen; doch als sie das Wasser berührten, verschwamm das Bild und löste sich auf. Entsetzt zog er seine Arme zurück, doch das Bild erschien nicht wieder, so sehr er auch nach Isabella rief. Endlich stieg wenigstens ein sanftes Klingen aus dem Brunnen, es schien, als ob sie ihm noch etwas sagen wollte, doch der Prinz verstand es nicht. In ihm klangen stattdessen des Weisen Worte wider: Verliere nicht die Geduld! –

Immer noch hoffend, Isabella würde sich noch einmal zeigen, verließ er den Brunnen erst, als Mitternacht vorüber war. Wenigstens war ihm der große Kristall geblieben. Er trug ihn in seine Kammer, nahm den kleinen Splitter aus dem Kästchen, legte ihn zusammen mit dem neuen Brocken unter ein großes Tuch und vernahm das wohlvertraute knirschende Geräusch. Kurz darauf überzeugte er sich von der erwarteten Verschmelzung, leerte dann eine alte Truhe, die immer schon in seinem Zimmer gestanden hatte, und legte das gläserne Gebilde hinein. Er deckte das Tuch darüber, verschloss die Truhe sorgfältig, legte sich zu Bett und schlief schnell ein. Erst gegen Ende der Nacht hatte er einen Traum: Er sah Isabella, geradeso wie sie ihm im Wasserspiegel erschienen war, und hörte sie vor sich hin summen. Als sie bemerkte, dass er sie sehen konnte, rief sie ihm zu, dass er noch heute eine große Überraschung erleben würde, er solle fröhlich sein und den Abend erwarten. Der König solle aber für schöne Musik und auch für einen prächtig geschmückten Tanzsaal sorgen, auch wenn er vielleicht glauben würde, dass das unter Männern überflüssig sei. Damit endete der Traum. Der Prinz schlief weiter, wachte dann aber, viel früher als sonst, frisch und munter auf und suchte gleich nach dem alten Weisen. Auch der war schon zu so früher Stunde unterwegs, so dass der Prinz ihn unerwartet im Garten antraf und ihm gleich seinen Traum erzählte.

Doch der ermunterte den Prinzen nur, alles so zu machen, wie Isabella es ihm gesagt habe und schickte ihn wieder fort. Der Prinz merkte, dass der Alte wohl noch etwas mehr wusste, doch war kein Wort aus ihm heraus zu bekommen. Nun wollte der Prinz zum König gehen, um ihn um schöne Musik und den Aufputz eines Tanzsaales zu bitten, auch wenn er noch nicht wusste, wie er das dem Vater erklären sollte. Er suchte überall nach ihm, doch konnte ihn nirgendwo finden und so sein Anliegen nicht vorbringen. Enttäuscht wunderte er sich darüber, dass sein Vater ausgerechnet an diesem vielversprechenden Tag nirgends zu finden war. Schließlich bemerkte der Prinz zwei Diener des Königs, die durch den Gang schlichen, tuschelten und kicherten. Einer raunte dem Anderen etwas zu und immer wieder hielten sie sich den Bauch fest und den Mund zu, um nicht allzu laut loszulachen. Der Prinz wollte schon weitergehen, blieb aber unentdeckt in einer Wandnische stehen und konnte von dort aus andeutungsweise vernehmen, was die Beiden denn zu tuscheln hatten. Angeblich sollte sein Vater, der König, in der Schlossküche zu finden sein, wo er, mit einer langen Schürze um den Bauch, recht fröhlich vor sich hin pfiff und dabei in einigen

Töpfen rührte. Das wollte sich der Prinz auch nicht entgehen lassen; es müsse doch gar merkwürdig anzusehen sein. Und wirklich schien alles Küchenpersonal außerhalb unterwegs zu sein und hatte dem König die Küche für eine Weile überlassen; das musste ja Tuscheln auslösen. An Türen und Fenstern versuchte man einen Blick in die Küche zu erhaschen und sprang erst beiseite, als der Prinz erschien. Der lugte nun seinerseits durch einen Türspalt in die Küche und entdeckte, genau wie die Diener geflüstert hatten, seinen Vater, der sich eine Schürze umgebunden hatte, fröhlich vor sich hin pfiff und in verschiedenen Töpfen rührte. Über diesen so ungewohnten Anblick musste der Prinz auf einmal so laut lachen, dass er nicht mehr schnell genug verschwinden konnte, bevor der Vater ihn bemerkte. Der rief ihn gleich zu sich und schmunzelte geheimnisvoll und war doch erstaunt, dass sein Sohn ihn hier gefunden hatte. Der Prinz gestand ihm, dass er sehr lange vergeblich nach ihm gesucht hätte, bis ihm schließlich geflüstert worden wäre, wo er den Vater denn finden könnte. Der König war nun schon an so viel Merkwürdiges und Verwunderliches gewöhnt, dass er darunter etwas ganz anderes verstand, als der Prinz gemeint hatte. Also legte er dem Sohn verschwörerisch den Arm um die Schultern und fragte, ob er vielleicht auch geträumt habe, um was es hier ging. Als der Prinz erkannte, was der Vater sich unter *geflüstert* vorgestellt hatte, musste er ein erneutes Lachen zurückhalten, um dann mit Bedauern zu verneinen. Sehr geheimnisvoll raunend berichtete der König nun, dass ihm in der vergangenen Nacht im Traum ein weibliches Wesen erschienen sei und ihn an das liebste Naschwerk seiner Großmutter erinnert habe. Speziell zu dessen Herstellung sei es Sitte gewesen, dass die Großmutter in der Küche erschienen wäre, um die Zubereitung höchstpersönlich zu übernehmen. Niemand hatte damals dieses Rezept erfahren oder gar aufschreiben dürfen. Erst an ihrem Sterbebett habe sie es der Königin anvertraut und sie ermahnt, es ebenso streng zu hüten wie sie selbst es getan hatte. Heute Nacht im Traum habe er es aber erstaunlicherweise nicht von der Königin, sondern von einer anderen Frau erfahren und sich alles gut eingeprägt. -

Nun war der König dabei, dieses Naschwerk herzustellen und wollte lieber auch seinem Sohn die Zutaten nicht verraten. Der Prinz aber zeigte ohnehin kein Interesse an der Zubereitung der Süßspeise, lag ihm doch sein eigenes Anliegen viel dringender am Herzen. Nun allerdings musste er wohl nicht mehr befürchten, sein Vater könne ihn nicht verstehen, denn der hatte sich so sehr verwandelt, dass der Sohn ihn schon fast nicht mehr wiedererkannte. Und so begab es sich auch; als der Prinz verlangte, was er dringend wollte, war der König nicht verwundert, es schien ihm eher, als passe es zu seinem Traum. Auch ihn hatte eine mitreißende Begeisterungswelle erfasst, so dass er gar nicht schnell genug in die Küche kommen konnte. Er freute sich überschwänglich auf den Abend, obwohl er gar nicht wusste, was ihn denn erwartete. Während sein Sohn nochmals darum bat, herrliche Musik spielen zu lassen, fiel dem König bereits eine Melodie ein, die er nachzupfeifen begann. Er suchte pfeifend nach dem richtigen Ton und erschrak dann ein wenig, als er das Lied erkannte: Sein Hochzeitsständchen, einst vom Hofkapellmeister speziell zur königlichen Hochzeit komponiert. Sofort entschloss sich der König, den alten Tonmeister noch einmal zu bemühen, auch wenn er schon lange nicht mehr gebraucht worden war. Erst jetzt wurde dem König klar, dass mit den Frauen auch die Musik aus dem Königreich verschwunden war. Wie konnte es sein, dass er das all die Jahre nicht bemerkt und die Musik nie vermisst hatte? Er schüttelte über sich selbst den Kopf und glaubte nun beinahe, das Leben seit dem Verschwinden der Frauen sei wohl nur ein bedrückender Traum gewesen, ein Traum, der ihn festgehalten und am Lebendig-sein gehindert hatte. Dazu blitzte ein Abbild des Zwerges in ihm auf. Der König musste sich festhalten bei dieser Flut von Gedanken.

Er bat nun seinen Sohn, den Kapellmeister ins Schloss rufen zu lassen und ihm auszurichten, dass er heute Abend dieselbe Musik spielen solle, wie am königlichen Hochzeitstag. Der Meister würde sich bestimmt wundern, aber bis zum Abend sollte es ihm doch wohl möglich sein, diese Musik in sich wiederzubeleben. Hoffentlich würden die Musikanten die alten Melodien überhaupt noch spielen können! - Über die Leere, die jahrelang unbemerkt an die Stelle der Musik getreten war, grübelte der König noch lange nach.

Während der Prinz sich auf den Weg machte, beeilte sich der König an seinen Töpfen. Die Süßspeise würde in Kürze fertig sein und er könnte die Küche wieder denen überlassen, die ungeduldig darauf warteten, die Gerichte für den Abend vorzubereiten. Ein geschäftiger Trubel breitete sich aus, doch waren alle wohl gestimmt an diesem Tag, am Tag des ersten Festes seit langer Zeit.

○

Am frühen Abend füllte sich der königliche Garten mit Menschen aus der ganzen Umgebung. Noch niemals zuvor war ein Fest von solchem Ausmaß ausgerufen worden. Der Prinz lief hinaus, um alle zu begrüßen und bat um Geduld, da die Säle im Schloss noch nicht fertig vorbereitet wären, um die herbeigeeilten Männer aufzunehmen. Sie sollten es sich indessen unter den Bäumen bequem machen und erst dann ins Schloss eintreten, wenn die Dämmerung so viel Licht verschlungen hätte, dass schwarz und weiß nicht mehr zu unterscheiden wären.

Bis dahin ließ der Prinz von den Dienern Lampions aufhängen und suchte aus der Menge ein paar Jünglinge aus, die er beauftragte, kleine Stofffetzen auf Fäden zu ziehen, um sie in der Nähe der Laternen aufzuhängen. Dort könnten die Fähnchen dann im Wind schaukeln. Ein munteres Bürschchen fragte den Prinzen nach der Schneider-Stube im Schloss, da dort sicherlich am schnellsten zu finden wäre, was er sich wünschte; der Prinz nickte zustimmend und ging gleich voran. Dort angekommen fanden die Jünglinge Säcke voller Stoffrestchen in den schönsten Farben und begannen sofort mit dem Auffädeln, denn auch Zwirnsfaden war reichlich vorhanden. So entstanden in kürzester Zeit schier endlos lange Ketten aus bunten Wimpeln. Und als die Ketten fertig waren, gingen die Jünglinge in den Garten, um den farbenfrohen Schmuck an den Bäumen aufzuhängen.

Inzwischen schwand das letzte Abendlicht. Der Prinz erschien auf der Treppe des Schlosses und rief die Männer herein. Die Jüngsten rannten jubelnd voran, doch manch einer erhob sich nur zögernd; schließlich siegte auch bei jenen die Neugier; war es doch eine einzigartige Gelegenheit, das Schloss auch einmal von innen zu sehen. Staunende Augen überall und Raunen und Flüstern und Gekicher. Besonders der große Festsaal hatte es ihnen angetan, denn dort spiegelten sie sich ringsherum an allen Wänden wider, in Spiegeln, die höher noch als die Türen reichten. Umgeben von widergespiegelten Lämpchen schienen sich auch die Spiegelbilder der Männer tausendfach zu vervielfältigen. Und wohin das Auge sonst noch blickte, im Inneren des Schlosses genauso wie im Garten, überall schaukelten bunte Fähnchen im festlichen Lichterschein, dass einem schon bunte Pünktchen vor den Augen zu hüpfen begannen. Auch des Prinzen Blick verweilte einen Augenblick auf diesem bunten Flattern der Lichterwelt und ihm war, als entfalte der Abend nun allmählich seinen geheimnisvollen Zauber.

Fast alle Türen waren geöffnet und so gingen die Säle von einem in den nächsten über. Ringsum an den Wänden standen lange Tafeln voller verlockender Speisen; es sah so aus, als wäre bei weitem mehr aufgetischt worden, als gegessen und getrunken werden könnte.
Die Menschen drängten und schubsten sich an den vorderen Tafeln entlang, die Bäuche füllten sich und die Stimmung wurde immer ausgelassener. Im Spiegelsaal des Schlosses saßen der König und seine Hofleute zu Tisch und dabei floss reichlich Wein. Als auch die letzten Männer gesättigt und zufrieden waren, trat der weise Alte, festlich gekleidet in ein weites silbrig-weißes Gewand, aus der Menge hervor. Er suchte sich einen Platz im Saal, wo er gut zu sehen war und bat um Gehör. Geschwind wurde es ganz still, auch die Runde der Königstafel hielt inne. Alle drehten sich dem Weisen zu, der seinen Blick auf den Prinzen heftete und ihm so zu verstehen gab, sich an seine Seite zu begeben. Bedeutsames ahnend, doch etwas zögernd, trat der Königssohn zum Alten. Sie wechselten noch schnell einen vielsagenden Blick, bevor der Prinz sich an die vielen Män-

ner wandte. Während nun alle gebannt lauschten, erklärte er ihnen die große Bedeutung des Weisen für den königlichen Hof, ja, für das ganze Königreich. Die Männer klatschten Beifall und jubelten stürmisch, bevor er noch mit dem Reden enden konnte. Nun hob der Alte beschwichtigend die Hände und gedachte, die Rede anstelle des Prinzen fortzusetzen. Doch der König nutzte geschwind die eingetretene Stille aus. Unterstützt von seinen Dienern verteilte er aus großen Schüsseln Kostproben seiner eigens zubereiteten Küchlein an die neugierigen Männer, wohl darauf achtend, dass jeder nur ein Stück des bereiteten Naschwerks bekäme. Merkwürdigerweise reichte es aus; es war kein einziges Stück zu viel und keines zu wenig.

Der Weise wartete geduldig alles ab, wusste er doch um die Bedeutung dieser vereinenden Begrüßungsgeste des Königs. Und vielleicht ahnte er auch einen Zusammenhang zwischen dem geheimen Rezept und dem Gelingen des heutigen Abends. Schließlich ergriff der Alte das Wort. Er würdigte den Mut und die Geduld des Prinzen, der seit der jüngsten Stunde auf den heutigen Tag vorbereitet worden wäre, ohne es je bemerkt zu haben oder gar zu wissen. Und am heutigen Abend würde etwas so Erstaunliches geschehen, wie sich jetzt noch keiner vorstellen könnte. Im Schicksal des Königreiches habe sich bereits eine entscheidende Wende ereignet, jedoch läge noch ein schwieriger Weg vor ihnen. Der heutige Abend werde sicher viele glücklich machen, aber vielleicht auch überaus nachdenklich stimmen. Die Männer verstanden nicht alles, was der Alte da sagte, doch lauschten seinen Worten nur immer erwartungsvoller. Sie wollten endlich erfahren, was denn wohl heute noch geschehen sollte. Ungeduldig wurde geklatscht und gejubelt, doch der Alte gebot nochmals Ruhe. Er forderte die Männer auf, von der bis dahin verschlossenen königlichen Eintrittspforte zurückzutreten und einen freien Gang zu bilden bis hin zum Prinzen. Kaum war der Gang entstanden, da öffnete sich auch schon das Portal und ein strahlendes, Glück verheißendes Licht flutete herein; vor lauter goldenem Flimmern war zunächst kaum etwas zu erkennen. Dann erschien der Festzug der

Frauen, die in silberne, weich fließende Gewänder gehüllt, mit glückseligen Gesichtern in den Saal schritten. Das grenzenlose Staunen der Männer versank in atemloser Stille.
Dieses zauberhafte Gefolge der Frauen in ihrer natürlichen Schönheit wurde von der einstigen Königin angeführt. Als der König sie erblickte, traute er seinen Augen kaum, sprang auf und war so überwältigt, dass er bleich wurde und sich an seinem Stuhl festhalten musste.
Als die Königin das Ende des Ganges erreicht hatte, verneigte sie sich vor ihrem Sohn, doch der fiel vor ihr auf die Knie und senkte den Kopf in großer Ehrfurcht. Er versuchte sich zu beherrschen, denn er befürchtete, er könnte wieder voreilig nach ihrer Hand greifen wollen. Diesmal jedoch legte seine Mutter ihm die Hände auf die Schultern, bat ihn aufzustehen, und zu Tränen gerührt umarmten sich beide.
So manch einer im Raum konnte nicht verstehen, was gerade geschah; einige waren noch zu jung, um jetzt zu wissen, dass dies die Königin sei, anderen hatte man von der Zeit, in der es einmal Frauen gab, kaum etwas erzählt und die begriffen nun überhaupt nichts mehr. Doch

die meisten Männer fassten sich ungläubig an den Kopf, rissen den Mund auf und konnten einfach nicht glauben, was hier vor sich ging. Wenn sie dann im Zug der Frauen noch ihre Mutter, ihre Frau oder ihre Tochter entdeckten, durchfuhr sie ein Schauer, und sie trauten ihren Augen nicht. Der ein oder andere kniff sich in den Arm, um zu spüren, ob er wach war oder träumte, andere schüttelten nur kurz den Kopf, damit die vermeintlich verrutschte Sicht wieder zurecht rutschen möge.

Bei alledem blieb es totenstill und für einen Augenblick stellten sich bei den Männern die Haare am Hinterkopf auf wie ein feiner stachliger Pelz, der ihnen bis in den Nacken hinab zu wachsen schien. Im Saal herrschte auf einmal eine Spannung, die sich bald wie Schlänglein aus bläulichem Licht zwischen den Männern auszubreiten begann. So von Licht berührt und eingehüllt, erwachten die Männer zu neuem Leben und waren nun darauf eingestimmt, das Unvorstellbare zu erleben.

◐

Nachdem die Königin dem Prinzen einige Worte zugeflüstert hatte, ging sie ein paar

Schritte zur Seite und zu ihrer Linken trat eine wundervoll strahlende Gestalt hervor, die augenblicklich vom Prinzen erkannt wurde; seine Isabella; und sie sah noch schöner aus, als in seinen Träumen.

Er musste sich sehr zurückhalten, um ihr nicht gleich um den Hals zu fallen, doch dann fühlte er, wie etwas in ihm die Führung übernahm, eine Führung, der er vertrauen konnte. Irgendwie wusste er, dass er sich nun so verhalten würde, wie die Situation es erforderte.

So verbeugte er sich tief und nahm die Hand, die er gereicht bekam, um sie zu küssen. Er hätte diese zarten Finger so gern noch viel länger an seine Lippen gedrückt, aber die Stimme in ihm riet ihm ab. Er schaute auf und sah einen flüchtigen Augenblick lang in diese leuchtenden Augen; nach diesem Blick wusste er, dass auch Isabella sich sehr beherrschen musste. Ein Lächeln noch, und seine Lippen formten ihren Namen ohne Ton, dann trat sie von ihm zurück. Die Frauen im Gefolge hatten ungeduldig auf diesen Moment gewartet, denn sie hatten schon einiges über ihren Auserwählten gehört. Nun, da sie spüren konnten, was in ihm vorging, wurde ihnen warm ums Herz. Mit Blicken dankten sie ihm, der diese Blicke verstand und dabei doch lieber nur der Einen in die Augen geschaut hätte.

Unbemerkt trat der König hinzu, der sich beim Öffnen der Saaltür zwar von seinem Platz erhoben, ihn aber nicht verlassen hatte. Nun näherte er sich behutsam der Königin, deren Augen strahlten, als der König sich vor ihr verbeugte. Sie hatte von seinen überraschenden Veränderungen erfahren, an deren Wahrhaftigkeit sie anfangs jedoch noch zweifelte.

Er aber schloss sie fest in seine Arme, statt nur die Hand zu küssen, die sie ihm zaghaft gereicht hatte, und so vergaß sie all ihre Zweifel und erinnerte sich an ihre einst so starke und besondere Liebe; - in der Zeit, bevor der König so ganz und gar in seinem Amt aufgegangen war.

Der König hauchte gerade ihren liebsten Kosenamen und wollte sie dicht bei sich behalten, sie aber machte sich von ihm los und versprach, den übrigen Abend an seiner Seite zu verbringen. Jetzt solle er nur noch einen Augenblick Geduld haben.

Die Königin besann sich auf ihre Verantwortung den Frauen gegenüber und ihr Antlitz begann zu leuchten. Entschlossen winkte sie dem Kapellmeister zu und augenblicklich setzte die Musik ein, bei deren Klang sich die fassungslosen Gesichter der Männer entspannten. Wie im Traum ergriff ein Jeder den Nächsten und folgte dem Königspaar, das nun tanzend durch die Säle schwebte. Immer mehr Tanzpaare wirbelten umher und es begann zu rauschen und zu schwirren, während die sich Suchenden solange hin und her wechselten, bis sie tanzend ihren Partner fanden.

Das Fest sollte sich über drei Tage erstrecken, die Frauen könnten vielleicht jede Nacht wieder erscheinen. Der Tanz würde um Mitternacht enden, dann müssten die Frauen in ihre Welt zurückkehren. Doch jetzt wollten sich alle sorglos ihrer Freude hingeben und so dachte keiner weiter darüber nach. Fast keiner.

Die Tanzenden wirbelten durch die Räume, dass der Boden nur so bebte und die Freude zu einem Freudentaumel wurde. Ein glückseliges Lächeln lag auf den Gesichtern. Isabella schmiegte sich an den Prinzen und schon nach wenigen Tänzen waren die beiden Liebenden so voller Sehnsucht nacheinander, dass sie heimlich und unbemerkt in den Garten flohen, der einsam vor ihnen lag und vor lauter bunten Lichtchen nur so funkelte. Sie gingen gemeinsam zu ihrem Brunnen, der Prinz zog Isabella sachte an sich und sie gaben sich ihren ersten innigen Kuss. Mit glänzenden Augen blickten sie sich an, streichelten einander so zart, als wären sie zerbrechlich, und Isabella kräuselte verträumt eine Haarsträhne des Prinzen um ihren Finger. Sie tauschten liebevolle Worte und Treueschwüre aus, sie atmeten sich, um den Duft des Anderen niemals wieder zu vergessen. Sie verschmolzen miteinander und überließen sich ihrem Glück. Und als sie endlich wieder ins Schloss zurückkehrten und sich unter die Tanzenden mischten, zwinkerte ihnen das Königspaar schelmisch zu. Die Musik schien kein Ende zu nehmen. Doch plötzlich machten sich die Frauen von den Männern los und wurden ganz stumm. Das Portal öffnete sich und die Frauen verließen den Saal in der gleichen Aufstellung, in der sie eingetreten waren. Das einflutende, golden flimmernde Licht umschloss sie und nahm sie lautlos wieder mit sich fort.

Traumwandlerisch fassten die Männer einander an den Händen und tanzten weiter, ohne den Auszug der Frauen zu bemerken. Der Prinz hatte seinen Vater als Tanzpartner ergriffen und sie waren die ersten, denen die Veränderung auffiel. Sie taten, als wenn nichts wäre, denn sie glaubten an den vorgegebenen Gang der Dinge.

Und richtig, die Musik wurde allmählich leiser und leiser, bis nur ein Hauch noch von ihr übrigblieb. Der alte Weise trat hervor und gab bekannt, dass jetzt noch eine kleine Stärkung für die Nacht eingenommen werden könne. Alles, was das Herz begehre, stehe noch bereit auf den umliegenden Tischen. Danach aber könne ein Jeder sich in den Schlossgarten begeben und dort nach einem Plätzchen suchen, welches ihm für die Nacht geeignet schiene.

Die Nacht war mild, die eigene Hütte weit, die gedeckten Tafeln standen auch zum Frühstück noch bereit. Müdigkeit griff so plötzlich um sich, als wollten Nebelschleier das Geschehene verhängen. Die Ermüdeten taumelten in den Garten und fielen beinahe wahllos hier und da nieder. Die Nacht hüllte die Männer ein und versenkte sie in einen tiefen Schlaf. Seltsame Träume suchten die Schlafenden heim und so erwachten sie erst spät am Tag und versuchten sich zu besinnen. Zur Mittagszeit begannen sich einzelne Grüppchen zu bilden und es wurde viel darüber gerätselt, was sich wohl in der Nacht ereignet hatte. Viele Jünglinge hatten sich bereits verliebt, die Älteren waren voller Freude über das Wiedersehen mit ihren Frauen. Nur einige wenige fanden keinen rechten Gefallen an all dem.

○

Der Prinz aber blieb in seiner Kammer und war so glücklich und traurig zugleich, dass er gar nicht wusste, was er tun sollte. Er spürte noch immer Isabellas weichen Körper an seinem, konnte jedes Streicheln nachempfinden und sich an jeden Kuss erinnern. Sein Herz war so voller Sehnsucht, dass er bis zum Abend nicht mehr unter die Leute wollte.

Doch nun betrat der weise Alte, der zunächst vergeblich an die Tür geklopft hatte, das Gemach des Prinzen, zupfte ihn am Ärmel, um sich bemerkbar zu machen, und lächelte ihm freundlich zu. „Solltest du dich nicht lieber auf den kommenden Abend freuen, statt dem vergangenen nachzutrauern?" und er ergänzte „Außerdem hast du noch einen Auftrag zu erfüllen."

Der Alte berichtete ihm, dass die letzten Ereignisse vielversprechender verlaufen seien, als er zuvor gedacht hätte. Außerdem sei die erstaunliche Wandlung des Königs doch unerwartet schnell geschehen. „Aber auch dein Vater kommt nicht aus seinem Gemach heraus und weigert sich, genau wie du, etwas zu essen oder zu trinken und will nicht vor dem Abend unter die Leute. Doch dagegen solltest du etwas unternehmen, denn mit eurer Trübsal verschreckt ihr am Ende noch die Frauen, die sich stattdessen längst schon auf den Abend freuen."

Während der Alte weiter sprach, kleidete der Prinz sich eilig an, dabei hörte er ihn zwar noch sprechen, doch so richtig erreichten ihn die Worte nicht. Erst als er vernahm, „vergiss auch deine beiden Rosen nicht", wurde er

plötzlich hellwach. „Sie brauchen von heute an nur noch Wasser, du wirst sehen". Dann nahm der Alte den Jüngling in seine Arme, drückte ihn fest an sich und sprach ihm Mut zu: „Es wird alles gut werden, hab nur Geduld, du bist inzwischen sehr stark geworden. Die Kraft an deiner Seite ist mächtig und deine Verbündeten werden dich auf magische Weise unterstützen. Aber es wird natürlich niemals leicht für dich sein. Gleich nach dem Fest wird es noch einmal besonders schwer werden. Mache dich darauf gefasst und schöpfe aus den kommenden beiden Nächten so viel Kraft, wie nur möglich. Du darfst nun keine Fehler mehr machen, denn eine andere Stufe ist erreicht. Jetzt befindest du dich auf einem schmalen Steg, auf dem jeder Fehltritt den Absturz bedeuten könnte. Du musst an Isabella glauben, doch die Sehnsucht darf deine Kraft nicht verzehren. Freue dich, wenn sie bei dir ist, aber traure nicht, wenn sie fort ist, denn du bist derjenige, der sie dir wiederbringen kann, und dafür brauchst du all deine Kraft!"
Der Prinz begab sich nun eilig in den Garten, um dort seine geliebten Rosen zu gießen. Ein

paar junge Burschen trafen den Prinzen am Rosenbeet und fragten ihn dort nach der *Dame seines Herzens*. Sehr verwundert darüber wollte er keine Auskunft geben, doch sie drängten ihn und wollten erfahren, wie denn all das Erlebte wahr sein könnte, denn ihre Liebsten hatten angedeutet, dass er der Wissende sei, bei dem sie Rat bekommen könnten. Was sollte der Prinz da machen? Er riet ihnen einfach nur, fröhlich zu sein und sich auf den kommenden Abend zu freuen, genau, wie der Alte es ihm gerade empfohlen hatte. Mehr konnte er im Augenblick nicht für sie tun. Sie aber versprachen ihm noch, ihm hilfreich zur Seite zu stehen und ihn nach Möglichkeit bei all seinen weiteren Vorhaben zu unterstützen; sie wollten auch alles genau befolgen, was er von ihnen verlangen würde. Schließlich bat der Prinz sie, drei Tage nach dem Fest noch einmal ins Schloss zu kommen, um weitere Dinge mit ihm zu besprechen. Damit waren die Jünglinge überaus zufrieden und ließen ihn wieder allein.

○

Der Prinz suchte nun endlich seinen Vater auf und fand ihn wahrhaftig noch immer in seinem Gemach. Er sah nicht betrübt aus, schien aber völlig in sich gekehrt zu sein. Das Eintreffen seines Sohnes erfreute ihn jedoch sichtlich und er schloss ihn gleich fest in seine Arme. Dabei aber brach er in Tränen aus und schluchzte, bis auch sein Sohn hemmungslos mit ihm weinte. Als sie sich gemeinsam ausgeweint hatten, begannen sie ebenso plötzlich zu lachen. Und das kam so heftig über sie, dass sie immer lauter und lauter lachten, ohne zu wissen, weshalb, aber sie lachten, bis sie wirklich wieder vergnügt wurden und sich aufgeregt auf den Abend freuten.

Die Worte, mit denen der Sohn den Vater hatte überzeugen wollen, sich zu freuen, statt nur jammervoll herumzusitzen, hatten ihre Wirkung schon getan, bevor sie ausgesprochen worden waren. Dies hatten die Jünglinge, die er im Garten getroffen hatte, ihnen beiden voraus; sie waren bereit, sich voll einzusetzen, sobald es nötig wäre und freuten sich bis dahin unbeschwert und nur dem Augenblick hingegeben; ihre fröhliche Stimmung hatte den

Prinzen angesteckt. Auch wenn von ihm im Laufe der Zeit mehr verlangt werden würde, als von allen anderen, war er jetzt hoffnungsvoll und fühlte sich gewappnet, den Dingen, die ihn erwarteten, entgegenzutreten. Die Kraft des Glaubens an sich selbst durchströmte seinen Körper und er fühlte, wie er begann, nach außen hin zu strahlen. Seine Finger verlängerten sich in Form dieses Lichts und so bemerkte er, dass er sehr weit in die Welt hineinreichen konnte. Jetzt strahlte er so viel Frische aus, dass auch sein Vater neuen Schwung bekam und dabei sehr viel redete. Er sprach über liebenswerte Eigenheiten der Königin und über seine einst so berauschende Liebe zu ihr, von der er noch nie jemandem etwas erzählt hatte. Und er vertraute dem Sohn sogar so manch kleines Geheimnis an, das der jetzt vielleicht lieber kennen sollte, wenn er doch inzwischen auch schon eine Geliebte hätte. Schmunzelnd verließen sie des Königs Schlafgemach und schlenderten durch die Gänge des Schlosses. Schmunzeln musste auch der alte Weise, der sie sah, ohne dass sie ihn bemerkten. Etwas komisch sah es schon aus, wie sich die Beiden untergehakt miteinander den gedeckten Tischen näherten. Dann würde ja alles gut werden. Aber auch der Alte hatte ein Geheimnis, jedoch wollte er das lieber noch für sich behalten. Er hoffte, alle zur Verfügung stehenden Kräfte könnten ausreichen, um das Begonnene zu einem guten Ende zu führen.

Im Garten begannen allerlei Musikinstrumente zu spielen. Die verliebten Jünglinge hatten den Rat des Prinzen befolgt und gaben sich alle Mühe, die Anderen mit ihrer Fröhlichkeit anzustecken. Und so ertönten plötzlich im Kreise der alten Männer längst vergessene Lieder und die Jungen sprangen dazu bunt durcheinander und lebten ihren Freudentag aus. Auf den Tischen im Schloss wurden Speisen nachgefüllt, damit auch am Tage keiner etwas entbehren müsste. Und so lagen bald alle mit vollen Bäuchen in der Sonne oder im Schatten der Bäume und genossen ein Leben, das wie ein Traum anmutete. Sie konnten faulenzen, wann immer sie wollten oder sich dem Kreis der Geschichtenerzähler anschließen. Es war wie ein Vorgeschmack auf das

Paradies. Aber etwas fehlte. Eine Sehnsucht begann aufzukeimen. Könnte es nicht noch schöner sein? Der Eine oder Andere dachte an die Zeit zurück, als er noch verliebt und selig gewesen war. Viele wünschten sich nun ihre Frau zurück; obwohl die Männer während der letzten Jahre die Frauen fast vergessen hatten. Jetzt plötzlich kehrten die Sehnsüchte und Gefühle wieder, die in den Jahren ohne die Frauen so spurlos verschwunden waren. Die Jünglinge waren damals noch sehr klein gewesen, doch was war wohl aus den kleinen Mädchen geworden, denn viele Väter hatten nicht nur Söhne. Fragen über Fragen, die über den Köpfen schwebten, dabei verlief der Tag aber weiterhin fröhlich und kunterbunt; man lernte sich besser kennen und machte alte Streitigkeiten wett. Das war wirklich schön anzusehen und das herrliche Wetter passte auch gut dazu.

◯

Vater und Sohn hatten mit gutem Hunger gegessen und hielten sich nun die Bäuche, zum einen vor Lachen, da sie selbst alte Geschichten wieder hervorgekramt hatten, zum anderen, weil ihre Bäuche nun bis oben hin gefüllt waren. Denen im Garten war es ebenso ergangen und so begaben sie sich nun alle zu einer verspäteten Mittagsruhe. Bis zum Abend war noch viel Zeit, dann wollten sie aber alle wieder putzmunter sein.

○

Als der Prinz auf seinem Bett lag, hörte er ein eigenartiges Geräusch, das ihn aufhorchen ließ, und so kam er auf die Idee, in seine Truhe zu schauen. Welch ein Wunder! Der gläserne Stein war inzwischen so groß geworden, wie die Truhe selbst, da gab es keinerlei Abstand mehr bis zur Holzwand auf jeder Seite. Vielleicht knackte die Truhe, weil sie dem Druck der sich ausdehnenden Masse nicht mehr standhalten konnte? Ja, das war es gewesen. Besorgt fragte sich der Prinz, wie es damit weitergehen solle, er könne diese gläserne Masse von nun an gar nicht mehr richtig verstecken, und doch dürfe sie aber keiner sehen. Er konnte sie auch schon nicht mehr aus der Truhe herausheben, da sie überall festklemmte. Also ließ er die Truhe offen, damit der Brocken weiterwachsen könnte und bedeckte ihn nur mit der Decke, die ehedem in der Truhe

gelegen hatte. Ein gutes Versteck war das zwar nicht, er legte sich aber trotzdem schlafen, ein Stündchen vielleicht, dann wollte er den Vater abholen; so hatten sie es verabredet.
Im Traum erschienen ihm die beiden von ihm gepflegten Rosensträucher. Er sah sich vor ihnen stehen und mit ihnen reden, sie gaben ihm Antworten, wie sie es immer taten; sie klingelten und klangen in feinsten Tönen. Er konnte diesmal verstehen, was sie sagten, er als der, der vor dem Beet stand, doch da er sich selbst dabei beobachtete, träumte er sich offenbar zweimal. Der Zweite nämlich, also der Beobachter, konnte alles sehen und die Zusammenhänge erkennen, aber verstehen, was die Rosen sagten, konnte er nicht, obwohl sein Doppelgänger das offensichtlich konnte. Welcher von beiden war er denn nun? Mit dieser Frage endete sein Traum. Schade, dachte der Prinz beim Aufwachen, noch bevor er die Augen geöffnet hatte, doch da war ihm, als wenn der eben noch Beobachtete ihm zurief: Ich kann es Dir ja erzählen, wenn Du mich danach fragst. Erstaunt darüber, dass ihm alles so wirklich erschienen war, riss er die Augen

auf und setzte sich auf die Bettkante. Aber die Bilder waren schon verschwunden und die Erinnerung an den Traum verblasste im Nu.

○

Draußen kam allmählich schon die erste Aufregung auf, die Männer konnten den Abend kaum erwarten. Sie begannen ins Schloss hineinzuströmen und freuten sich auf die frisch gedeckten, üppigen Festtafeln. Einige Männer wollten heute aber den Wein weglassen, da sie glaubten, alles sei nur Spuk oder ein Weingebilde gewesen. Stattdessen wollten sie diesmal besser aufpassen und schweren Herzens auf den herrlichen Weingenuss verzichten.

Der König wünschte sich für den heutigen Abend die gleiche festliche Musik wie gestern, auch in ebendieser Reihenfolge. Er konnte diese Musik gar nicht oft genug hören und so würde ihm jeder Abend wie eine wiederkehrende Hochzeit erscheinen.

Die Männer, die nun schon gesättigt waren, musterten neugierig auch die übrigen Säle. Gestern waren sie noch allzu befangen, nun, schon vertraut mit all dem Neuen, verloren sie ein wenig ihrer Scheu. Erst als der König hervortrat und um Ruhe bat, versammelten sich alle wieder eng beieinander. Sie scharten sich um den Weisen, der dem König zur Seite stand, doch Worte waren heute nicht nötig. Behände griff der König nach der ersten seiner bisher gut verschlossenen Schüsseln, die ihm die Diener nachtrugen, während er daraus verteilte. Auch heute gab es von seinen selbst bereiteten Süßigkeiten für jeden wieder nur ein einziges Stück.

○

Bald darauf öffnete sich ohne jegliche Ankündigung die königliche Seitenpforte und goldenes Licht erfüllte den Raum; die Männer sprangen erschrocken beiseite und die Frauen schritten in den Saal. Sofort setzte die Tanzmusik ein und im Einklang miteinander bildeten sich die Paare und tanzten beschwingt bis Mitternacht. Die Frischverliebten hatten sich viel zu erzählen, stellten sich Fragen und kannten kein Ende, ahnten sie doch, dass diese drei Abende einmalig sein würden, wie ein großes Wunder.

Tanzend wurden Pläne geschmiedet, man suchte nach Wegen, sich wiederzufinden, um sich nicht wieder so gänzlich zu verlieren. Dabei wollte den Jünglingen kein Berg zu hoch sein, kein Tal zu tief und kein Weg zu weit, um ihre Liebsten wiederzusehen. Immer wieder fragten sie nach dem Land, nach welchem sie suchen müssten und von dessen Vorhandensein sie in all den Jahren nichts geahnt hatten. Sie hatten nicht einmal eine Vorstellung davon, wo es sich denn befinden könnte. Und sie bemerkten nicht, wie die Frauen gerührt lächelten, und doch nur in vagen Umschreibungen antworten konnten.

Die Frauen genossen die Treueschwüre und freuten sich über die vielfältigen Bemühungen der Männer und deren Bereitschaft, unbedingt nach ihnen zu suchen. Aber sie konnten ihnen nicht unvermittelt sagen, dass man sie im weißen Land nicht körperlich erreichen könnte. Viele Frauen entschlossen sich also, ihrem Liebsten zu raten, sich an den Prinzen zu halten, da nur er ihnen helfen könne, sie später einmal wiederzusehen. Manch eine Frau wünschte sich von dem Ihren, er solle lebhaft von ihr träumen, sie würde es spüren. Mehr wurde nicht gesagt - und es wurde nicht jedem gesagt.

○

Isabella und der Prinz waren wieder heimlich aus dem Saal gehuscht und sehnsuchtsvoll in den Garten geeilt. Sie liebkosten sich und kosteten einander, sogen den Duft ein, der sie unverwechselbar machte. Jede Faser des Körpers verknüpfte sich mit einer des Anderen zu einem unzerreißbaren Band. Das Licht, das in ihnen leuchtete, begann zu strahlen und sich auszudehnen und löste alle Grenzen auf, die ihre Körper voneinander trennten. Sie ergänzten sich in allem, was sie waren, indem sie sich hingaben und zu einem Ganzen wurden. Und so glaubten sie schließlich, nie mehr voneinander lassen zu können. Als sie allmählich zu ihrer Beherrschtheit zurückfanden und sich schweren Herzens entschlossen, in das Schloss zurückzugehen, da hatten sie Wichtiges besprochen, doch vor allem auch Unsagbares ausgetauscht.

○

Als der Prinz und Isabella über die Gartenterrasse wieder ins Schloss eintraten, hörten sie hinter sich Schritte und leises Kichern. Sie drehten sich ruckartig um und sahen, wie ihnen König und Königin folgten - umarmt, wie jung Verliebte. Sie hatten vielleicht gestern etwas geahnt und sich heute ebenfalls ungestört näherkommen wollen. Schelmisch lächelnd huschten sie alle gemeinsam in den Saal und mischten sich unbemerkt unter die Tanzenden.

Als es auf Mitternacht zuging, gaben sich einige ahnungsvoll einen Abschiedskuss. Dann geschah das Unvermeidliche. Das Seitenportal öffnete sich, das goldene Flimmern flutete herein und begleitete den Zug der Frauen aus dem Spiegelsaal hinaus.

Wie am Vorabend tanzten die Männer noch eine Weile weiter und zuletzt fanden sich alle schlafend im Garten wieder oder wenn sie eins hatten, in ihrem Bett.

○

Der Prinz hatte in dieser Nacht anstrengende Träume. Ununterbrochen musste er durch schmale Höhlen laufen, sich durch Dunkelheit tasten, oder wie ein Erdwurm, auf dem Bauch durch enge Gänge kriechen. Manches Mal versagte ihm beinahe die Kraft, besonders, wenn aus Seitenkanälen unverhofft seltsame Erdwesen hervorschossen und ihn jäh erschreckten. Ihm tat niemand etwas zuleide, doch je weiter er sich ins Unbekannte vorwagte, desto stärker wurde seine Furcht vor dem noch vor ihm liegenden Ungewissen. Plötzlich befand er sich in einem kleinen Gewölbe, der Tunnel endete hier auf einer Plattform, die mit dichtem Moos bewachsen war. Hier konnte er sich endlich wieder einmal aufrichten und ausgiebig strecken. Währenddessen sah er hoch über sich einen Lichtschein. Zu diesem wollte er vordringen, doch wie sollte er das anstellen? Genauso schmal wie der Tunnel zuvor und mit glatten Wänden führte ein Schacht steil nach oben. Der Prinz zog seine Schuhe aus und versuchte, sich mit gekrümmten Zehen in die seitlichen Erdwände zu stemmen. Doch er rutschte immer wieder ab; so würde er niemals bis zum oberen Ende des Schachtes gelangen können. Da glitt plötzlich eine Schlange von oben herunter und funkelte ihn aus leuchtendgrünen Augen an. Der Prinz erschrak, doch wusste keinen anderen Ausweg, als sich mit dieser Schlange anzufreunden. So begrüßte er sie sehr erfreut, denn das war er, da sie seine einzige Hoffnung zu sein schien, und er wunderte sich kaum, als sie darauf seinen Gruß erwiderte. Er sagte ihr, was er gerade zu tun gedachte und fragte, ob sie einen Rat für ihn hätte. Doch ohne zu antworten blickte sie nach oben und blitzte heftig mit ihren Augen, bis ringsherum an den steilen Wänden schillernde Griffstangen erschienen. Dann wünschte sie dem Prinzen viel Glück auf all seinen Wegen und verschwand so schnell, wie sie gekommen war.

Die unterste Griffstange senkte sich nun soweit zu ihm herab, dass er sie ergreifen konnte. Doch kaum hatte er sie mit seiner Hand fest umschlossen, da durchfuhr ihn ein heftiger Schauer. Er erkannte, dass es nichts anderes als eine gebogene Schlange war, an der er sich festhielt. Diese zog ihn langsam in den Schacht hinauf und bald konnte er nach der nächsten greifen und stattdessen den Fuß auf die erste setzen. Eine Schlange nach der anderen krümmte sich ihm bereitwillig entgegen, um ihm als Griff und Tritt zu dienen. So stieg er auf dieser Schlangenleiter dem verheißungsvollen Lichtschein entgegen und erreichte schließlich den ersehnten Ausgang, der nur von Zweigen und großen Laubblättern bedeckt war. Schnell hatte er sich aus dem Schacht geschwungen und war froh und erleichtert, diesen unheimlichen Aufstieg hinter sich zu haben. Dennoch vergaß er nicht, tief empfundene Dankesworte zurück in die Dunkelheit des Schachtes zu rufen und ihm antwortete ein Chor klingender Töne. Das wunderte ihn sehr, indes trösteten ihn diese wohlvertrauten Klänge, die er hier inmitten finsterer Gänge und Höhlen am wenigsten vermutet hätte. Sehnsucht überkam ihn beim Gedanken an die klingenden Rosen in seinem Garten, an Isabellas klangvolle Stimme aus dem Brunnen und die verklingende Stimme seiner Mutter an jener Grenze. Er schob die aufkommende Traurigkeit aber schnell wieder beiseite und schritt umso kräftiger aus auf seinem Weg. Vor ihm lag ein breiter Pfad, der hell erleuchtet war von einem Licht, dessen Quelle er nicht erkennen konnte. Links und rechts standen seltsame Bäume, die er noch nie gesehen hatte. Seine Fußsohlen schmerzten, denn er musste nun barfuß gehen; seine Schuhe hatte er auf der moosigen Plattform unten im dunklen Schacht zurückgelassen. Er fand am Wegesrand Rindenstücke und suchte sich nun ein besonders großes und dann noch eins, das dazu passte. Auch fand er einen geschmeidig biegsamen, noch sehr dünnen weidenartigen Zweig von einem der fremdartigen Bäume und band sich damit die Rindenstücke unter die Füße. Die behelfsmäßigen Schuhe waren weich, aber robust und weit bequemer als gedacht. Nun konnte er wieder fester auftreten und schneller gehen, als mit nackten Füßen.

Seltsam nur, wie die Gegend sich änderte; die Bäume kamen ihm scheinbar entgegen, umringten ihn und rauschten mit den Blättern. Der Prinz war sich nicht ganz sicher, ob sie freundlich gestimmt flüsterten oder bedrückend und bedrohlich zischelten. Die Bäume tasteten zudringlich mit ihren Ästen und kleinen Zweigen nach seinen Armen, seinen Schultern, aber sie hielten ihn nicht fest, als er mit pochendem Herzen seine Schritte beschleunigte. Er schritt so eilig und etwas flüchtend voran, dass er sich inmitten tiefer, dunkler Wälder wiederfand. Immerhin entdeckte er einen schmalen Weg, der ihn sicher durch das Dickicht führte, auch wenn nun kein Lichtstrahl mehr zu ihm drang. Einzig er selbst begann zu leuchten wie eine kleine wandernde Sonne. Das Licht reichte gerade aus, um seinen Weg gut sehen zu können und darauf all die Hindernisse, über die er hinweg kraxeln musste. Hier ein umgekippter, längst überwucherter, Baumstamm, dort Geröll, das unter seinen Füßen wegrutschte, oder Hügel aus glänzenden Scherben. Der Weg war zu schmal, um den Hindernissen auszuweichen. Plötzlich stand der Prinz vor einer übergroßen, schlammigen Masse. Der Weg schien spurlos verschwunden zu sein und so traute er sich nicht weiter mitten ins Ungewisse hinein. Am Rande des Schlammes legte er sich auf den Bauch und streckte seinen Arm in die schlammige Masse, um zu probieren, wie tief sie wohl reichte. Doch so lang er seinen Arm auch streckte, der Schlamm war noch tiefer und an ein Durchwaten der Masse war nicht zu denken. Traurig blieb er liegen und horchte in sich hinein, ob ihm irgendetwas einfiele, was er noch tun könnte, um diese Stelle zu passieren. Mitten in seinen Gedanken wurde er von einem blendenden Gewebe aus weißen Lichtfäden überrascht, das anscheinend vom Himmel gerade auf ihn herabfiel. Doch es fiel nicht auf ihn herab, sondern schwebte sacht und bedeckte schon bald den Schlamm vor seinen Füßen. Vorsichtig tastete er mit einem Fuß nach dem leuchtenden Teppich, der nun den Schlamm bedeckte. Er betrat die blendende Fläche und ging rasch darüber hinweg. Erst als er auf der anderen Seite ankam, blickte er sich um und da war außer einem schrecklich hellen Licht nichts zu erkennen, das auf dem Schlamm gelegen hätte.

Noch einige Zeit lief er weiter und immer weiter und allmählich kam ihm sein Weg endlos vor. Seit seinem Aufbruch lief er unentwegt und hoffnungsvoll auf ein Ziel hin ausgerichtet, das er doch eigentlich noch gar nicht kannte. Er glaubte, er hätte Kraft genug, um sein Vorhaben durchzuführen, doch fragte er sich nun, was er denn eigentlich vorhatte. Der Weg, der noch vor ihm lag, wurde jetzt breit und weitläufig, die Bäume blieben hinter ihm zurück. Er blickte nach vorn und merkte plötzlich, dass ihm jemand entgegenkam. Er sah anfangs nur eine Silhouette, doch dann wurde ihm mit jedem Schritt klarer, dass er diesen Jemand sehr gut kannte. Als dies endlich nicht mehr zu leugnen war, trat er mit gemischten Gefühlen, aber auch entschlossen, seinem eigenen Abbild entgegen. Er stand nun haargenau sich selbst gegenüber und wurde mit festem Händedruck begrüßt. Doch der Prinz zog seine Hand schnell wieder zurück und erklärte seinem Gegenüber: „Ich werde mich nicht von dir aufhalten lassen; nichts und niemand wird mich daran hindern, meinen Weg unbeirrt fortzusetzen, um mein Ziel so schnell wie möglich zu erreichen. Aber du kannst mich gern begleiten und, wenn du willst, bei meinem Vorhaben unterstützen", er hob die Augenbrauen und blickte dem Anderen ins Gesicht. Als Antwort erhielt er ein vieldeutiges Lächeln und folgende Worte: „Es ist erfreulich zu sehen, wie stark deine Entschlossenheit ist, doch Irrwege kann man auch mit kräftigen Schritten beschreiten. Wenn du noch gar nicht weißt, wo dein Ziel liegt, wie willst du es dann erreichen? Ich bin gekommen, um dir zu helfen, doch vor allem dabei, dein Ziel zu erkennen und es dann zu finden. Du vergeudest deine Kraft, wenn du immer läufst und läufst. Sieh zu, dass du dich nicht verrennst." Diese Worte verwirrten den Prinzen nun doch. Sollte das eine Probe sein, die auf ihn wartete? War es wirklich seine Stimme, die ihm dort antwortete, oder vernahm er fremde Worte aus seiner Gestalt? Ganz betroffen stand er da und wusste nicht, wie er sich entscheiden sollte. Hatte der Andere nicht vielleicht auch Recht? Er wusste ja wirklich nicht genau, wohin er wollte und was eigentlich sein Ziel war. Seine innere Stimme war verstummt und gab ihm keine Antwort mehr. Also entschloss er sich, die Worte des Anderen zu beherzigen. Der schlug ihm vor, an einem nahe gelegenen Hügel Halt zu machen und dort etwas auszuruhen vom ewigen Laufen. Dort angekommen berichtete der Prinz seinem Zwilling alles, was er in letzter Zeit erlebt hatte und welch große Aufgabe er jetzt vor sich habe. „Und morgen findet zum letzten Mal das gemeinsame Fest statt und ich weiß noch immer nicht, was ich denn tun soll, um Isabella und all die anderen Frauen zu befreien." - Geduldig hatte der Andere zugehört, obwohl er den Ablauf der Ereignisse genauso gut kannte; vielleicht würde es ja etwas nützen, die Dinge noch einmal an sich vorüber ziehen zu lassen. Schließlich aber sagte er: „Ich bringe dich jetzt zu Isabella, die dir genauso vorherbestimmt ist wie mir. Ich habe sie nicht so verloren wie du, der sie jetzt erst erringen muss, sowohl für dich als auch für das Wohl des Königreichs. Ich sage dir aber gleich: nichts auf der Welt ist von ewigem Bestand; und vielleicht werden eines Tages die Frauen wieder verschwinden. Was immer du bewirkst, alles Erschaffene ist vergänglich wie du selbst", den fragenden Blick des Prinzen überging der Andere einfach und setzte fort: „Du bist bereits dabei, den alten Weisen zu übertreffen. Doch du musst dann völlig auf dich allein vertrauen und das ist schwerer als nur das zu tun, was ein anderer empfiehlt. Ich erkläre dir noch, wie du mich finden kannst, falls du meinen Rat brauchst", prüfend blickte er den Prinzen an: „Meinst du nicht auch, dass nach einem so langen und mühevollen Marsch endlich erkennbar sein sollte, wohin du willst?" Er hüstelte und jetzt merkte der Prinz, wie sehr der Andere mit allem Recht hatte, der kannte ihn besser als er sich selbst.

Eine Weile lang lagen sie schweigend am Fuße des Hügels im Gras und der Prinz ging den Gedanken nach, denen die Worte des Anderen entsprungen waren. Als sie sich schließlich erhoben, um weiterzugehen, zog der Andere einen hauchdünnen, fast durchsichtigen Mantel von seinen Schultern und legte ihn um die Schultern des Prinzen. Der fragte nichts und ließ es einfach geschehen und so setzten sie ihre Wanderung fort. Unterwegs brach es, ohne, dass er eigentlich hätte etwas sagen wollen, aus dem Prinzen hervor: „Ich will jetzt zu Isabella!", der Andere lächelte und nickte zustimmend: „Siehst du, so einfach ist das". Geschwind zog er den Mantel wieder von den Schultern des Prinzen und schlug einen Weg ein, der sich bisher nicht gezeigt hatte. Der Prinz schüttelte verwundert den Kopf, doch begann allmählich zu begreifen, was hier eigentlich geschah. Und er erinnerte sich an Begebenheiten, in denen er so mit Leib und Seele gewünscht hatte, dass das Gewünschte erst in ihm Gestalt annahm, bevor es in sein Leben trat. Erst indem er wirklich fühlte, was er gleich zu tun gedachte, schuf er den Raum, in dem das Gewollte mit Leichtigkeit geschehen konnte.

Inzwischen stiegen sie auf einen Berg und erreichten einen steilen Hang, an dem sie nun hinunterblickten. Der Andere bat ihn, sich ganz fest an ihn zu klammern. Er könnte sich hier unbeschadet fallen lassen und auch landen, wo immer er wolle, ihm hingegen würde er das lieber nicht empfehlen. Also klammerte sich der Prinz fest an seinen Zwilling und der sprang unversehens mit ihm in die Tiefe. Dabei wurde dem Prinzen schwindlig und er fühlte sich recht elend. Doch bevor ihn seine Kräfte verließen, waren die Beiden schon wieder gelandet und standen nun plötzlich an eben jener weißen Grenze, die der Prinz nur zu gut kannte und die ihm nicht mehr aus dem Sinn ging. Jetzt fragte er sich, wie er damals mit dem Vater an diese Stelle gelangen konnte, von der doch niemand wusste, wo sie denn zu finden wäre. Doch im gleichen Moment beschwor ihn sein Zwilling, die Augen zu schließen und nicht wieder zu öffnen, bevor er es ihm gestattete. Ebenso verbot er ihm zu sprechen, und zwar ausnahmslos. Der Ton in seiner Stimme ließ keinen Zweifel daran, dass es hierbei um Leben und Tod ging. Als der Zwilling den Prinzen fragte, ob er denn so viel Geduld und Stärke aufzubringen bereit sei, bejahte der Prinz nur zögerlich, denn er hatte Angst. Ganz fest schloss er seine Augen und beschwor sich selbst, die Kraft zu besitzen, die jetzt nötig sein würde. Der Zwilling nahm dem Prinzen das feste Versprechen ab, wirklich nichts dergleichen zu wagen. Der Prinz versprach es hoch und heilig und er wusste, dass es jetzt auf alles ankam. Ihm fielen dabei die Worte des alten Weisen ein, dass es für ihn noch einmal schwerer werden würde. Er seufzte und atmete tief durch, griff dann nach der ihm gereichten Hand und ließ sich bereitwillig führen. Sie überquerten die Grenze und betraten das weiße Land, jedoch konnte der

Prinz keinen seiner Schritte spüren. Nicht sprechen, nicht schauen; er musste unbedingt schaffen, was von ihm verlangt worden war, doch er ahnte schon jetzt, wie schwer es ihm fallen würde.

Sie liefen und liefen, folgten so mancher Wegbiegung und waren immer darauf bedacht, die fest miteinander verbundenen Hände von keinem Hindernis entzweien zu lassen. Hier und da erklangen freundliche Frauenworte, Worte, die nur an den Zwilling gerichtet waren, und der Prinz drückte dessen Hand noch fester, um das Gefühl zu haben, dazu zu gehören. Auch dieser verstärkte seinen Druck, als zum ersten Mal Worte auch an den Prinzen gerichtet wurden. Es war seine Mutter, die zu ihm sprach. Doch gleich nach einer kurzen Begrüßung fragte sie den Zwilling besorgt: „Du bringst ihn mit, ist das nicht zu gefährlich?" und der Prinz hörte ihn antworten, „Ja, ich bin mir dessen bewusst, doch wie es scheint, benötigt er noch einen besonderen Schub", er schnalzte mit der Zunge, als wolle er lieber nicht weiter darüber reden. Die Mutter sagte jedoch: „Du musst wissen, was du tust, aber

gefährde nicht die gesamte Sache, ich sehe, du willst ihn zu Isabella bringen, ja? Er wird hier nicht mehr wegwollen ohne sie", ihre Stimme klang besorgt und der Zwilling wollte sie beruhigen: „Das geht schon gut aus, ich bleibe ja dabei."
Nach diesem Wortwechsel wollten die Augen des Prinzen kaum noch geschlossen bleiben. Er brauchte viel Kraft, um sich selbst zu bezwingen. Abrupt blieben beide stehen und der Zwilling drückte zweimal nacheinander ganz fest die Hand des Prinzen. Isabella hatte sich ihnen genähert; der Prinz konnte sie spüren wie eine heranschwebende Wolke, die ihn allmählich umschloss. Jetzt konnte er es fast nicht mehr aushalten und hoffte inständig, die Erlaubnis zum Sprechen und Schauen möge erteilt werden, doch hier fielen nun gar keine Worte mehr. Isabella hatte ihn einfach umarmt und geküsst und somit seinen Mund verschlossen und dabei eine ihrer weichen Hände auf seine Augen gedrückt, damit er sie auch weiterhin nicht öffnen möge. Sie schien überaus glücklich zu sein und so begann der Prinz allmählich hinzunehmen, dass er auch weiter-

hin stumm bleiben und die Augen geschlossen halten musste. Von diesem Augenblick an ging er in ihrer Zärtlichkeit auf, konnte sie genießen und unbeschwert erwidern. Die Zeit floss unbeachtet dahin und der Augenblick wurde endlos, als sich ihre Körper vereinigten und ihre Schwingungen eins wurden. Er liebte alles an ihr so umfassend, dass er glaubte, sie verschmolzen zu Einem. Der Prinz und Isabella wiegten abwechselnd einander in den Armen oder balgten wie Kinder, wobei der Prinz jedoch nicht lachen durfte. Aber so schwer das Nicht-Sprechen und Nicht-Schauen am Anfang scheinen mochte, war es nun gar nicht mehr, nein, es geschah ganz von selbst, denn dies unglaubliche Glücksgefühl machte sprachlos und lenkte den Blick nach innen.

Plötzlich aber musste etwas geschehen sein, denn Isabella riss sich mit einem Ruck von ihm los, doch noch im Augenblick des sich Erhebens drückte sie ihre weiche Hand sanft auf seine Augen, und er verstand, was sie damit sagte. Ein letzter Kuss noch und verstohlene Tränen, die leise über die Wangen rollten und dabei die Wange des Anderen benetzten.

Die zarte Wolke, die nun davon schwebte, hatte sich für immer mit dem Prinzen verbunden und gab ihm so nun auch die Kraft, die nötig sein würde, um wieder fortzugehen. Eine ihm endlos erscheinende Zeit verging, in der er nicht erkennen konnte, was sich um ihn herum begab. Dann endlich langten die ersehnten Hände wieder nach den seinen. Isabella zog den Prinzen mit sich fort und stützte ihn beim Besteigen eines nachgiebigen, aber doch tragenden Gefährts. Sie konnten darin sitzen und Isabella setzte sich dicht neben den Prinzen und schmiegte ihren Kopf an seine Schulter. Er hielt sich an ihr fest, als er merkte, dass sich etwas mit ihnen in Bewegung setzte, offenbar saßen sie in einer dieser Leuchtkutschen, die er einmal sehen durfte. Sie schwebten eine Weile dahin, doch er ahnte nichts Gutes, konnte nur noch nicht erkennen, was er denn befürchtete. Als sie anhielten, wurde er sanft heraus geführt aus diesem Gefährt, und sie liefen gemeinsam ein paar Schritte. Dann löste Isabella ihre Hand aus der seinen und versetzte dem Prinzen einen Stoß, so dass er erst wankte und dann einige Schritte lang stolperte. Aufgefangen von seinem fast schon vergessenen Zwilling bekam er nun die Erlaubnis, die Augen zu öffnen und auch wieder zu sprechen. Er riss sofort die Augen auf und rief, noch bevor er wieder ungeblendet sehen konnte, Isabella bei ihrem Namen. Sie kniete auf der weißen Grenze, dort, wo einst seine Mutter gestanden hatte und lächelte tapfer. Der Zwilling ermahnte den Prinzen, sich jetzt nicht von der Stelle zu rühren, und zwar um nichts auf der Welt, und das hatte er keinen Moment zu früh gesagt. Der Prinz war geradezu auf dem Sprung gewesen und rief, als der Zwilling ihn bei den Schultern packte und von hinten fest hielt: „Ich komme wieder, Isabella, ich komme wieder, und dann will ich für ewig bei dir bleiben." Da spürte er hinter sich eine Bewegung des Zwillings, die Isabella galt und sie zu lenken schien, denn sie erhob sich rasch und näherte sich ihrer Kutsche. Eben noch waren sie beide darin gefahren, nun winkte von dort eine Lichtgestalt zum Abschied, und ihre letzten Worte erklangen nur noch glöckchenhaft und für den Prinzen nicht mehr verständlich. Er winkte ihr nach und der Zwilling verriet

ihm, was sie ihm zugerufen hatte. „Bis heute Abend!" Überglücklich, dass sie sich ja heute Abend, am letzten Tag des Festes, noch einmal wiedersehen würden, jubelte und tanzte der Prinz auf der Stelle, umfasste dabei seinen Zwilling und wurde erst wieder still, als er in dessen Augen blickte. In die eingetretene Stille hinein sprach dieser: „Jetzt wird es ernst, denn ich konnte spüren, dass in ihrem Leib etwas Neues entstanden ist. Doch dieses dort entstehende Wesen wird dich und sie umbringen, wenn die Frauen nicht innerhalb der Zeit erlöst werden, die nun noch bleibt. Von jetzt an läuft eine Frist." Aufgeregt fragte der Prinz zurück: „Ist das wahr, weißt du das genau, und weiß auch sie das?" „Aber natürlich!"
Er nahm ihn beim Arm, führte ihn entlang des Weges bis zu einem nahegelegenen Berg, den sie zusammen bestiegen. Als sie, oben angekommen, eine Steilkante erreichten, wusste der Prinz schon, was nun folgen würde und klammerte sich ohne weitere Aufforderung an seinen Zwilling. Dieser lächelte daraufhin und zog ihn seinerseits fest an sich. Sie landeten an einem fremden Platz und nicht etwa dort, wo

sie gestartet waren. Doch der Prinz war vor allem froh, dass sie überhaupt wieder gelandet waren, denn an dieses schnelle Fliegen musste er sich erst noch gewöhnen.

Der Zwilling verlangte noch einmal die volle Aufmerksamkeit des Prinzen, um ihm zu erklären, wie er ihn jederzeit erreichen könnte. Der Prinz zweifelte daran, dass ihm das wirklich so einfach gelingen würde. „Notfalls", sagte der Zwilling, „kannst du auch den alten Weisen um einen Trank bitten, der dir hilft, zu mir zu gelangen, aber ich zweifle schon nicht mehr an deiner Fähigkeit, es auch allein aus dir heraus zu meistern." Er zeigte auf den nächsten Berg und erklärte dem Prinzen, dass er nun dort hinaufsteigen solle, diesmal jedoch allein, und deshalb verabschiedete er sich: „Mit Geduld und Vertrauen schaffst Du alles, was du dir wünschst, zweifle nicht daran! Und nun geh und schau dich nicht nach mir um. Du wirst an einen Fluss gelangen. Überquere ihn, danach findest du alleine weiter." Der Prinz folgte den Weisungen des Zwillings, obwohl er sich, so plötzlich allein, ziemlich verlassen fühlte. Da aber zog nun die Freude auf den Abend in ihn ein und beflügelte ihn so sehr, dass er den Berghang hinaufstürmte und drüben wieder hinab. Den Fluss überquerte er von Stein zu Stein springend, doch am anderen Ufer angelangt, sank er ermattet unter dem erstbesten Baum nieder und schlief, halb an den Stamm gelehnt, ein.

○

Als der Prinz aus seinem Traum erwachte, lag er leicht fröstelnd in seinem Bett. Die Decke war herabgefallen, sein Kopf glühte, er hatte Durst. Er klingelte nach einem Diener, um sich warme Milch ans Bett bringen zu lassen. Das würde ihm helfen, dachte er und schlief dabei fast wieder ein. Die Milch schluckte er dann gluckernd in einem Zug in sich hinein, schickte den Diener dankend wieder fort und versank erneut in tiefem Schlaf. Diesmal schlief er so tief und fest, dass er vor der Mittagszeit nicht wieder erwachte. Da aber reckte und streckte er sich, um kurz darauf wohlgemut zum späten Frühstück zu spazieren. Und dort traf er zu seiner Überraschung auch seinen Vater, der zwar nicht etwa ebenso lange geschlafen hatte, aber bis jetzt zu sehr beschäftigt gewesen war, als dass er ans Frühstück hätte denken können. Anfangs sprachen sie nur das Nötigste zusammen, allmählich aber gab sich das wieder und zuletzt verabredeten sie sich zu einem gemeinsamen Spaziergang am Nachmittag. Der Prinz ging indessen die Rosensträucher besuchen und goss sie reichlich, damit sie weiterhin so gut gediehen. Er staunte, dass es im Garten so eigenartig stille war, fast niemand war zu sehen, nur in wenigen Ecken lagen noch immer Schlafende. Der vermisste Trubel ließ jedoch nicht mehr lange auf sich warten.

○

Am Nachmittag trafen sich Vater und Sohn und liefen erst einige Zeit schweigend nebeneinander her. Der Vater begann dann als erster zu sprechen und bedauerte, dass sich heute nun die letzte Festnacht ereignen sollte. Und er fragte sich und den Prinzen gleichermaßen, was danach wohl geschehen werde und ob sich wohl irgendetwas ändern würde. Er, als König, wüsste jetzt gar nicht mehr, wie er im Amt erscheinen sollte, da er nunmehr glaubte, alles könnte irgendwie falsch sein. Doch sein Sohn empfahl ihm schlicht, weiter so zu regieren wie bisher. Die anderen Dinge würden sich schon finden, genauso, wie sie sich bisher gefunden hatten. Das war zwar wenig tröstlich, aber so leuchtete es doch ein. Der Sohn fuhr fort: „Lass uns heute ausgelassen feiern und auch jetzt schon fröhlich sein! Was geschieht, das geschieht", bei diesen Worten legte der Sohn seinem Vater den Arm um die Schulter und erkundigte sich nun bei ihm, ob er wohl heute etwas Besonderes geträumt habe. Der Vater schaute ihm eindringlich in die Augen und versuchte zu ergründen, wie diese Frage denn gemeint war. Dann antwortete er: „Ich habe sehr viel geträumt, doch es erscheint mir gar zu wirr, doch deinen Rat, den hab ich schon befolgt." Der Prinz erwiderte: „Welchen Rat meinst du, dass wir fröhlich und entspannt sein sollen?" Ungläubig schaute der Vater ihn an, doch der Sohn hatte keine Ahnung, wovon der Vater eben sprach.

Im Augenblick war der Prinz noch halb in seinen eigenen Gedanken versunken, seine Nacht war doch gar zu erlebnisreich verlaufen. Und seit sein Zwilling ihn verlassen hatte, fühlte er sich eigenartig plump. Also musste er nun fragen, was der Vater wohl geträumt hatte, und was er meinte, dass er ihm geraten hätte. Ungläubig zögernd antwortete sein Vater: „Du weißt nichts mehr von den vielen Spiegeln und das, obwohl es dir so wichtig war?" Dieses Mal war dem König sein Traum so wirklich vorgekommen, dass er nicht daran gezweifelt hatte, dass ihr Gespräch darin wahrhaftig stattgefunden hatte. Wer sollte sich hier noch zurechtfinden? Also begann der Vater nun, wenigstens einige der Fäden aus dem wirren Knäuel seiner Träume herauszuziehen. Zuerst berichtete er, wie der Prinz ihn im Traum beauftragt hatte, bis heute Abend so viele Spiegelscherben aufzutreiben, wie nur möglich. Und noch dazu mussten es so viele sein, dass jeder beim Fest, sein eigenes Spiegelbild aus Scherben zusammen puzzeln könnte. Denn heute Nacht sollte ein Jeder ein solches Spiegelbild seiner Partnerin als Abschiedsgeschenk übergeben. Erstaunt über diese bemerkenswerte Idee, schlug der Prinz sich an den Kopf und rief „Oh, dass ich nicht selbst darauf gekommen bin!" Angesichts dessen, dass der Sohn dem Vater eben noch als

Berater erschienen war, schüttelte der König, dem der Boden unter den Füßen weich wurde, nun aber endgültig den Kopf über das unverständliche Verhalten seines Sohnes. Ganz langsam bewegte der König seinen Kopf von links nach rechts, immer wieder und immer wieder. Er schaute dabei die Umgebung an und versuchte herauszufinden, ob er wirklich in seinem Garten war. Die Ränder der Dinge, die er ansah, waren glatt und blieben erhalten und selbst, wenn er sie länger anstarrte, verschwommen die Konturen nicht. Eigentlich hätte er glauben mögen, dass dies der Beweis sei, jetzt und im Augenblick, vollkommen wach zu sein. Doch in seinem Innern schäumte eine Masse, die jeden Moment drohte, aus ihm hervorzubrechen. Sollte er vielleicht doch lieber gar nichts mehr glauben und schon gar nicht, dass Träume genauso wahrhaftig sein könnten, wie das wirkliche Leben? Und dabei hatte er ausgerechnet heute schon gleich nach dem Aufwachen den Befehl ausgegeben, alle erreichbaren Spiegel herbei zu schaffen. Alle Spiegel, auch die kleinste Spiegelscherbe aus jeder erdenklichen Ecke des Landes! Den letzten Gedanken dachte er laut und so dämmerte dem Prinzen nun, warum der Garten so ruhig erschienen war. Fast alle waren ausgeströmt, um diesen Auftrag zu erfüllen. Und jetzt bemerkte der Prinz, wie es auf der vorderen Schlosstreppe inzwischen wimmelte, wo die Männer wie Ameisen, gleichzeitig hinein und hinaus strebten. Jeder trug etwas, brachte etwas, und ja, jetzt sah er deutlich, wie Spiegelsplitter von herunter gefallenen Spiegeln eifrig aufgelesen wurden. Dabei erfasste den Prinzen plötzlich ein ungutes Gefühl: „So viele Spiegelscherben, dass sie für alle reichen? Und das bei Spiegelbildern in Menschengröße?" Wie eben zuvor der Vater, hatte nun auch der Prinz laut gedacht und die Unruhe, die ihn packte, steckte jetzt auch den König an. Es würde zu Streitigkeiten kommen, wenn jeder der Männer versuchen würde, genügend Scherben für sich selbst zu ergattern. Das konnte nicht gut gehen, denn die Scherben würden niemals ausreichen.

Bedächtig schritten der König und der Prinz auf ihrem gemeinsamen Weg entlang und grübelten mit bedenklichen Gesichtern. Ein tiefer Seufzer noch, dann kehrten sie um, beide gleichzeitig, und liefen schneller und schneller. Wo war der Weise? Sie mussten ihn finden. Doch der Prinz bat den Vater, die nächsten Schritte ihm zu überlassen und versprach, so schnell wie möglich eine Lösung zu finden; bis dahin sollte er ihm nur vertrauen. Hoffend, der Sohn hätte bereits eine Ahnung, wie sie aus der Bedrängnis herauskämen, fügte der Vater sich seinem Sohn. Geschwind machte sich der Prinz nun von dannen, um dem Alten zu berichten, in welch unangenehme Lage sie geraten waren. Aufgeregt fragte er ihn, was er ihnen denn rate. Der Weise musterte ihn lange, bevor er ihn fragte, wer wohl diesen Rat gegeben habe. Der Prinz erzählte ihm von dem Wenigen, das der Vater ihm aus seinen wirren Träumen berichtet hatte.

Während der Alte überlegte, sog er geräuschvoll Luft durch seine Lippen, so ratlos hatte der Prinz ihn bisher noch nie gesehen. Das Schweigen, das den Raum füllte, wurde zäh und schwer, doch der Prinz wartete geduldig, bis dem Alten etwas einfallen würde. Es musste ihm etwas einfallen, er war doch der Weise.

Und so versuchte der Prinz in seinem Innern den Keim der Hoffnungslosigkeit zu ersticken. Auch er überlegte angestrengt, wozu die Spiegelbilder taugen sollten, und dabei stellte er laut die in ihm aufsteigende Frage: „Könnte es denn sein, dass des Vaters Traum uns nur täuschen und Verwirrung stiften sollte?"
Aus seinem versunkenen Zustand aufgeschreckt, zeigte sich der Alte von diesen Worten überrascht. Sollte womöglich eine gegenspielende Macht versuchen, sich in den Ablauf einzumischen? Des Alten Augen erhellten sich plötzlich und funkelten, als wäre ein Blitz in sie eingefahren. Aufgewühlt wandte er sich an den Prinzen: „Wenn es wirklich dunkle Mächte waren, die dem König diesen Traum eingaben, dann müssen wir auf der Hut sein!" Und er gab folgenden Rat: „Lasst ab von den einzelnen Spiegelbildern und befestigt stattdessen alle vorhandenen Spiegel und Spiegelscherben an den freien Wänden des königlichen Spiegelsaales. Füllt die Bereiche zwischen den großen Königsspiegeln, auch jede kleine Fläche soll mit Spiegeln bedeckt sein. Doch vor allem die königliche Eintrittspforte bestückt unbedingt

besonders sorgfältig! Denn, falls sich dunkle Mächte einzumischen beginnen, dann werden sie sich von diesem Portal angezogen fühlen. Verwendet auch die kleinsten Scherben, denn es dürfen keinerlei Lücken bleiben. Die Scherben müssen die ganze Tür bedecken und müssen passen, dicht an dicht!" Der Tonfall verriet seine Besorgnis. „Ein Jeder muss sich daran beteiligen, die Tür vollständig zu verspiegeln, mit mindestens einer selbst eingefügten Spiegelscherbe!", dabei warf er dem Prinzen einen bedeutsamen Blick zu. „Die Spiegelfläche lückenlos zu schließen, das muss bis Mitternacht geschafft sein. Selbst, wenn die Frauen erscheinen, bevor die Arbeit beendet ist, so werden sie allein tanzen müssen und geduldig auf das Gelingen hoffen. Überzeuge die Männer mit aller Macht davon, diese Aufgabe eifrig und gewissenhaft zu erfüllen. Wie du dies schaffen wirst, ist allein deine Sache."

○

Keiner der Männer würde begeistert sein, wenn die Frauen erschienen, aber keiner mit ihnen tanzen durfte, bevor die Tür nicht vollständig mit Spiegelscherben bedeckt wäre. Die

Männer jetzt von der entscheidenden Bedeutung dieser Arbeit zu überzeugen und von ihnen zu verlangen, dass sie sich strikt an seine Anweisungen hielten, würde sicher nicht leicht werden, sagte sich der Prinz. Und angesichts dieser neuen schweren Last auf seinen Schultern, war er nicht gerade glücklich über diesen Auftrag. Dennoch machte er sich auf, um dem Vater die Botschaft zu überbringen und mit ihm gemeinsam die Art und Weise zu besprechen, wie es denn zu bewerkstelligen wäre. Der König gab die nötigen Anweisungen, um auf den neuen Plan umzuschwenken und der Prinz ergänzte ihn dabei auf seine eigene Weise. Die Männer ließen nun ab von ihren einzelnen Spiegelbildern und begannen stattdessen, die freien Wände ringsherum mit den Spiegelscherben zu belegen. Und so kam es, dass alle ihre Kräfte bündelten, wussten sie doch, dass es in jedem Fall je schneller, desto besser wäre. Würde es gelingen, rechtzeitig fertig zu werden, könnte dem Abend wohl nichts mehr im Wege stehen. Die Ermahnung zur Gründlichkeit beunruhigte sie dabei nicht, schien ihnen diese Aufgabe doch weit einfacher zu sein, als die Nachbildung der eigenen Spiegelbilder. Emsig machten sie sich an die Arbeit und hatten sogar Spaß dabei. Erleichterung durchflutete die Säle wie ein breiter Sonnenstrahl. Die Wände waren schnell belegt, doch an der Tür zeigte sich schon bald, dass es so einfach doch nicht war, wirklich alle Lücken zu schließen. Schnell erkannte man, wer sich geschickter dabei anstellte, und forderte diese besonders heraus. Doch ein Jeder gedachte dessen, sich mindestens mit einer selbst angebrachten Scherbe zu beteiligen. Auch sonst tat man alles, um die passenden Scherben zu finden, die gerade fehlten.

Eigenartig eigenwillig schien sich manche Lücke nicht schließen zu lassen und so mussten manche Stücke wieder umgelegt werden, um es nochmals zu probieren. Die Sache ging langsam, zu langsam, voran. Ausgerechnet an der Königspforte, auf die es doch besonders ankam, schien etwas Eigentümliches zu bewirken, dass die Scherben einfach nicht passen wollten. Wenn einer schier daran verzweifelte, wurde er durch einen anderen abgelöst, aber die Hoffnung, noch rechtzeitig fertig zu werden, schwand so, wie das letzte Licht des Tages.

Der alte Weise verfolgte besorgt die angestrengte Arbeit und stellte sich dicht hinter die sich Mühenden an die Pforte, um ihnen mit Rat und Tat zur Seite zu stehen. Schließlich aber trat er von der Pforte zurück und lenkte die Männer ab von ihrem Tun. In seinem weiten silbrigen Umhang erschien er jetzt beschwörend mit erhobenen Armen. Er flüsterte und summte, stimmte dann einen Gesang an, schob die Männer dabei ganz sachte vor sich her und drängte sie in die Nebensäle. Anscheinend alles um sich her vergessend, scharten die sich dort um die Speisetafeln. Unbemerkt schlich der Alte zurück zum königlichen Portal. Dort fühlte er einen heftigen Windstoß, trat geschwind zur Seite, weg von der sich öffnenden Tür und im gleichen Augenblick strömte das goldene Licht in den Saal. Der Zug der Frauen trat ein, die Pforte schloss sich wieder, und jede Frau lächelte hoffnungsvoll. Die Männer kehrten aus dem Nebensaal zurück und nahmen traumwandlerisch ihre Arbeit am Portal wieder auf. Während sie emsig weiter nach

passenden Scherben suchten, mieden die Frauen jeden Blickkontakt mit ihnen und tanzten indessen alleine. Man konnte meinen, dass es ihnen nichts ausmachte, so allein durch die Säle zu wirbeln, doch der Prinz wusste es besser, denn er erfühlte die Spannung, sein Herz wollte zerreißen und die Luft wurde ihm knapp. Unterdessen bemühten sich die Männer mit neuer Kraft, denn seit die Frauen erschienen waren, verschwanden zumindest ihre Zweifel. Jeder, der helfen konnte, ging wieder und wieder an die Arbeit, und wer am längsten dabei durchhielt, fühlte eine Kraft in sich einströmen; die ersehnte Geliebte schien wie ein Nebelschleier um ihn herum zu kreisen und mitzuhelfen, die letzten Lücken zu schließen.
Fast genau um Mitternacht war es dann endlich geschafft. Die Frauen reihten sich wie immer ein und schritten auf das vollständig mit Spiegelscherben bedeckte Portal zu. Die Männer bangten bei diesem Anblick, denn das Tempo der Schreitenden verringerte sich nicht. Es wurde ganz still im Saal und so manchem auch eng ums Herz, als das Seltsame geschah; beim Herausgehen blieb die Spiegel-

fläche intakt und eine Frau nach der anderen trat durch die scherbenbedeckte Tür, ohne dass man verstehen konnte, wie das möglich war.

Und noch bevor die Letzte den Saal verlassen hatte, veränderte sich der Bereich vor der Spiegeltür; als wenn sich, nach jeder hindurch geschrittenen Frau, eine widergespiegelte Tür scheibchenweise auf die erste stapelte, bis viele solche Spiegeltüren dicht an dicht aufeinander folgten. So dehnte sich das Portal bis weit in den Saal hinein aus. An allen mit Spiegeln verkleideten Wänden spiegelten sich nun tausendfach die Spiegelungen der Spiegeltür wider. Das veränderte wahrlich die Sicht der Dinge. Jetzt erschienen den Männern mitten im großen Spiegelsaal viele Königsportale, welche auch sie nun durchschreiten konnten. Während einer nach dem anderen durch eine Erscheinung der Pforte hindurchschritt, streifte sich von jedem eine spiegelnde Hülle ab. Ihre Spiegelbilder waren es, die sich von ihnen lösten und nun den entschwindenden Frauen folgten. Die Männer selbst jedoch verließen

den Saal, ohne es zu merken, durch die gewöhnliche Tür.
Der Erste, der den Schritt durch eine solche Spiegelung der Spiegeltür gewagt hatte, war der Prinz, der den Frauen sofort folgen wollte. Doch dabei schien ihn etwas zu zerreißen; war er denn möglicherweise seinem eigenen Spiegelbild gefolgt und wie die Frauen durch die Königspforte verschwunden oder doch, wie alle anderen Männer, zur gewöhnlichen Tür herausgetreten? In dem Gedränge ging diese Frage unter und schließlich fanden sich die Männer im Garten wieder.

○

Als die Frauen den Garten erreicht hatten, schienen sie noch einen Moment zu warten. Eine seltsame Wolke kam hinter ihnen hergeflogen, wie eine flach in der Luft schwebende Feder aus Nebel. Darauf schwebten die Spiegelhüllen der Männer und diese Bildnisse stiegen nun auf und jedes nahm lebendig wirkende Gestalt an. Dann ertönten Klappern und Rasseln, Trommeln und Flöten und keiner hätte sagen können, woher. Nun erhoben sich die Frauen und zogen davon, wie ein rauschender Vogelschwarm, der sich allmählich in Luft aufzulösen schien. Die Abbilder der Männer folgten eines nach dem anderen den davonschwebenden Frauen. Alsdann waren die Frauen verschwunden und die Spiegelbilder der Männer auch.

◐

Die Männer im Garten starrten ungläubig in die Luft und konnten nicht fassen, was hier geschehen war. Doch bald darauf begannen einige zu murren, dass ihnen irgendwer einen Streich gespielt hatte. Sie fühlten sich betrogen um die letzte Nacht des Festes. Diese Meinung machte die Runde und verbreitete sich geschwind, bis die eine Hälfte der Männer dieser Ansicht war. Die andere Hälfte jedoch glaubte unbeirrt an den Prinzen, der mit all dem Unerklärbaren in Verbindung zu stehen schien und so wollten sie ihm auch vertrauen.
Doch wo war der Prinz? Keiner konnte ihn entdecken. Als diese Frage aufkam, begann vor allem der alte Weise sofort nach ihm zu suchen. Er war bestürzt über dessen Verschwinden und ihn beschlich ein ungutes Gefühl. Plötzlich getrieben und ohne wirklich zu ver-

stehen, was ihn drängte, rannte er ins Schloss zurück, geradenwegs zu dem mit Spiegelscherben bedeckten Portal, welches unberührt wirkte, als wenn nichts geschehen wäre. Er untersuchte die Fläche gründlich und entdeckte schließlich, was jedem anderen entgangen war. An einer Stelle, ganz am Rande, war doch ein winziger Fleck der Tür unbedeckt geblieben und diese Lücke bildete einen offenen Kanal in die Zwischenwelt hinein. Die dunklen Mächte, die hier wirken wollten, hatten sich diesen Fehler gewiss nicht entgehen lassen. Und diese Öffnung hatte es ihnen ermöglicht, sich des Prinzen zu bemächtigen.
Nun hieß es für den Alten, schnell zu reagieren, auch wenn das vielleicht Rückschritte und weitere Probleme zur Folge haben könnte.
Der Weise griff nach dem nächsten Kerzenhalter und schlug damit heftig auf die Türverkleidung ein, wohlbedacht, alle, auch wirklich alle Spiegelscherben zu treffen. Er hämmerte sie locker, bis sie herabfielen, und kratzte mit einer Klinge auch noch die letzte Scherbe vom Portal. Als die Tür restlos freigelegt war, riss er sie eilig auf, doch leider immer noch etwas zu

spät. Denn, in eine rußige Wolke gehüllt, wurde der Prinz herbei geschleudert und erlitt einen heftigen Aufprall auf die nicht vollständig geöffnete Tür. Als der Weise sie gänzlich geöffnet hatte, sauste der Prinz, quer durch die Luft, direkt in den großen Tanzsaal hinein, fegte von dort durch all die anderen Säle, bis er schließlich völlig erschöpft und mitgenommen am Boden lag. Er schrie und weinte und schlug um sich und konnte sich gar nicht wieder beruhigen. „Was für elende Monster! Sie haben alles kaputt gemacht und jetzt wollen sie mich töten, weil ich nicht aufgeben will. Die Frauen sollen gar nicht erlöst werden, sie sollen bleiben, wo sie sind. Ich wurde beschimpft, getreten und geschlagen und wurde beiseite geworfen, wie eine faule Frucht. Eine grauenhafte Stimme schrie mir entgegen, sie würde alles zunichtemachen und mir all meine Kräfte rauben. Sie glaubte, sie hätte leichtes Spiel mit mir, sie müsste mich nur verwirren und schwächen, dann wäre ich vollkommen entmutigt und so voller Zweifel, dass ich alles verlöre, das ich je besessen habe", er wimmerte und ächzte. Es war nicht zu erkennen, mit wem er sprach. Als der Alte den Prinzen endlich erreicht hatte, sich über ihn beugte und ihn beruhigen wollte, erschrak der Prinz so heftig, dass ihm augenblicklich all seine Sinne schwanden.

○

Von draußen strömten in diesem Augenblick Scharen von Männern in das Schloss hinein, hielten sich die Hände vor die Augen und jammerten und winselten vom verlorenen Augenlicht. Die Rückschritte und weiteren Probleme, die der Alte schon vorhergesehen hatte, ließen also nicht lange auf sich warten. Doch dass es gar so schnell geschah, das war selbst dem Weisen zu viel, er konnte nicht alles zugleich begreifen. Er nahm sich den erstbesten Jüngling zur Seite und wies die anderen an, wenigstens mal für einen Moment still zu sein. Dann fragte er den Einen, was denn geschehen sei. Der berichtete von einem Riesenblitz, der am Himmel erschienen wäre und von einer Rußwolke, die dort lang gewirbelt sei. Danach prasselte ein feinster Glassplitterregen herab und alle, die nicht rechtzeitig ihr Gesicht bedeckten, bekamen die Splitter auch in die

Augen, wobei es heftig schmerzte; es brannte erst und wurde heiß, doch danach war es dann kaum mehr spürbar. Nun sei zwar noch ein unbestimmter Druck übrig geblieben, doch dafür sei jetzt alles dunkel, nichts könne man mehr sehen. Der Alte nahm den Kopf des Jünglings in seine Hände, schaute in dessen Augen und sah, dass sie stark gerötet waren. Er zog ihn mit sich, winkte den anderen, ihm zu folgen, doch das taten sie nicht, weil sie sein Winken ja nicht sahen. Er führte den Jüngling zum Brunnen und tauchte dessen Gesicht ins Wasser. Das kühlte dessen Augen und spülte sie klar und es schien ihm dabei, als wenn lauter winzige Farbpünktchen seine Augen berührten. Der Jüngling schlug die Augen immer wieder auf und zu, ohne dabei das Gesicht aus dem Wasser zu nehmen, dann aber dankte er dem Wasser, nannte einen Namen und flüsterte zärtliche Liebesworte in den Brunnen. Nach einem letzten Gruß zum Abschied fiel er dem Alten um den Hals und konnte es immer noch nicht fassen, dass der Schmerz vergessen und sein Sehvermögen wieder zurückgekehrt war. Der Jüngling gab dem Alten zwar keine weiteren Erklärungen, doch der zog auch so seine Schlüsse. Der Jüngling aber war nun restlos von der Weisheit des Alten überzeugt, wie sonst hätte der ihn hierher führen können. Nun beauftragte der Alte den Jüngling, die im Saal Wartenden nacheinander zum Brunnen zu geleiten. Doch er sollte unbedingt mit den Jungen beginnen und genauso mit ihnen verfahren, wie er soeben mit ihm. Wenn dies getan sei, solle er ihn aufsuchen und berichten, wie es gegangen sei. Sie liefen eilend gemeinsam zurück in den Spiegelsaal, der Alte kündigte den Wartenden die Rettung an und erbat Geduld und Vertrauen. „Einer von euch ist schon wieder geheilt, er wird auch euch zur Heilung führen."

○

Nun aber kümmerte er sich hurtig um den Prinzen, der im nächsten Saale lag und dringend seiner bedurfte. Der Alte buckelte ihn sich auf den Rücken und trug ihn so bis in seine Kammer. Dort bettete er ihn weich und stützte sein Genick, klingelte nach einem Diener, von dem er folgendes verlangte: „Lauf zu den Rosenbüschen im Garten, knie vor ihnen

nieder und gieße sie mit diesem Kräuterwasser", er zog ein kleines bauchiges Fläschchen aus seiner tiefen Manteltasche, „und brich ganz vorsichtig von jedem Rosenstrauch einen Stachel ab. Danach zupfe auch ein Rosenblatt von jedem und leg es jeweils zu dem Stachel der Rose, der dieses Blatt gehörte. Doch gehe sorgfältig dabei vor und verletze die Rosenbüsche nirgends sonst, bedanke dich aufrichtig bei ihnen, bevor du von ihnen fortgehst."
Der Diener war schon im Gehen, als der Alte ihm nachrief: „Das ist die höchste Aufgabe, die dir je übertragen wurde, erfülle sie gewissenhaft, ich beschwöre dich!" Der Diener eilte, nun sehr ehrfurchtsvoll, und erfüllte seine Aufgabe so, wie ihm aufgetragen ward. Als er die Teile dem Alten übergab, spürte er dessen Ungeduld und zog sich eilig zurück. Der Weise stach dem Prinzen je einen Rosenstachel in die Schläfe, zuerst in die linke, danach in die rechte. Den Stachel ließ er jeweils stecken und bedeckte ihn mit dem dazugehörigen Blütenblatt, dass sich scheinbar wie von selbst, um das Stachel-Ende schmiegte. Die Einstiche an den Schläfen des Prinzen begannen ein wenig zu bluten und

das Blut benetzte das Rosenblatt, das im selben Augenblick heftig zu klingen begann. Da endlich öffnete der Prinz seine Augen und sah in die des Alten, die ganz dicht über den seinen waren. Der Alte hielt die Hände des Prinzen fest umschlossen, damit dieser sich nicht damit unbedacht an den Kopf fasse. Das Klingen wurde lauter und schließlich so laut und deutlich, dass der Prinz, unmerklich fast, den Kopf dazu wiegte. Sein Blick jedoch war fest gebannt auf die Augen des alten Weisen gerichtet. Und dieser begann zu summen. Dieses Summen und Klingen zusammen ergab eine Melodie, die dem Prinzen vertraut erschien. Und so summte er mit, den Ton zu erkennen suchend, bis die Mutter ihm erschien, die auf der weißen Grenze stand. Ja dies Lied, das er einst schon zu kennen glaubte, als die Mutter ihm nach seinem Rufen erschien. Das Bild verblasste, sein Denken kehrte zurück, und so fand er auch seine Worte wieder, um den Alten zu fragen, was denn geschehen sei.

Der Weise äußerte dazu, sehr leise sprechend, etwas völlig anderes und versprach dem Prinzen lediglich, ihm später alles zu erklären. Nun aber sollte ein Bad bereitet werden und so rief der Alte nochmals den Diener. Diesmal beauftragte er ihn, etwas von den Kräutern zu besorgen, die der Alte schon seit Jahren selbst im Garten pflegte. Er beschrieb ihm, wo das Beet sei und verlangte einige Zweiglein vom Salbei und vom Rosmarin, und er erklärte ihm, wie er diese brechen sollte. Ein Sud daraus wurde dem Badewasser beigegeben, in welchem der Prinz sich nun vollständig erholen sollte. Noch vieles in seinem Kopf umher wälzend, wollte der Weise sich schon von der Bettkante erheben, besann sich dann aber und zog dem Prinzen noch die Blut- und Blütenblatt-verklebten Stacheln heraus. Den fragenden Blick des Prinzen vertröstete er mit einem wissenden Lächeln. Dann machte er sich auf, um die Stacheln und Blätter zu den Rosen zurück zu bringen. Sorgfältig klebte er die Blätter mit dem Blut des Prinzen wieder in ihre Blüten und legte die Stacheln unter den Sträuchern auf die Erde. Auch er bedankte sich und erhielt klingende Antwort. Dann suchte der Alte nach den augenkranken Männern und freudig kamen ihm die geheilten Jünglinge entgegen.

○

Im Garten war es heute schon sehr still geworden, denn alle unversehrt gebliebenen waren, trotz stockfinsterer Nacht, lieber zu sich nach Hause aufgebrochen. Die Einladung ins Schloss war ja mit dem dritten Tag des Festes auch vorüber.

Am Brunnen traf der Alte den zuerst Geheilten wieder, der hier im Schein der Fackeln mit einigen alten Männern stritt. Der Weise erkundigte sich nach der Ursache des Streits und erfuhr, dass bei sechs Männern das Eintauchen der Augen ins Brunnenwasser nicht geholfen hatte. Bei ihnen waren keine Farbpünktchen erschienen, so behaupteten sie alle, einschließlich des Jünglings. Doch die Männer beschuldigten den Jüngling nun, bei ihnen etwas falsch gemacht zu haben, der bestritt das heftig und wusste sich keinen Rat mehr. Der Weise erschien gerade zur rechten Zeit, denn die Situation spitzte sich bereits zu. Als er sich alles angehört hatte, erkundigte er sich nach den einstigen Frauen oder jetzigen Tanzpartnerinnen dieser Männer. Und dabei stellte sich heraus, dass ihre Beziehungen früher sehr unerfreulich gewesen waren und dass diese sechs Männer die Ereignisse der letzten drei Abende nur für Hokuspokus hielten, den sie gar nicht leiden mochten. Besonders nicht, wenn dabei womöglich am Ende noch ihre Frauen zurückkehrten. Denn das hätte ihnen gerade noch gefehlt, waren sie doch nun schon so lange ganz gut ohne sie ausgekommen. Schonend versuchte der Alte zu erklären, dass die erwarteten Farbpünktchen von ebendiesen Frauen stammten, während diese mit sanften Strichen und mit magischen Kräften die Augen wieder heilten. Auch er als Weiser könne ihnen in diesem Fall nicht helfen, wenn sie von ihren Frauen doch so gar nichts mehr wissen wollten. Augenblicklich streckten zwei der Männer gleichzeitig ihre Köpfe über den Brunnen, riefen Frauennamen und bettelten um Erbarmen. Mit Entschuldigungen und tausend Versprechen auf den Lippen und an einstige Kosenamen erinnernd, flehten sie inständig, bevor sie endlich ihr Gesicht benetzten. Und siehe da, ihre Bitten wurden erhört, auch sie erhielten ihre Sehkraft wieder. Nun waren sie aufrichtig dankbar und Wärme kehrte zurück in ihre Herzen. Sie konnten es kaum glauben und jubelten begeistert. Ein Dritter wollte es ihnen gleichtun und beugte sich weit über den Brunnenrand, doch er versuchte es auf eine andere Weise. Er erklärte ehrlich, dass er nichts mehr für sie empfände, für sie, die er gerufen habe, um doch auch von ihr geheilt zu werden. Aber er wollte nicht lügen und sich nicht nur verstellen, das sei ja auch nicht ehrenhaft, besonders nicht vor einer Frau, die sogar magisch wirken könnte. Also bat er die Heilkräftige, sich seiner anzunehmen und seine Augen zu berühren, damit auch er wieder sehen könne. Sehr verwundert und gespannt warteten alle ringsherum, was geschehen würde, als er sein Gesicht endlich eintauchte. Es dauerte lange und der Mann musste Luft holen, bevor er sein Gesicht noch einmal ins Wasser tauchte. Da geschah das Wunder und auch er konnte wieder sehen. Die Ungeliebte hatte voller Erbarmen und weise gehandelt. So viel Barmherzigkeit überzeugte fast noch einen von denen, die bisher nichts geglaubt hatten. Er zögerte zwar noch, aber beugte schließlich sein Haupt übers Wasser, rief die Seine bei ihrem Namen und forderte seine Heilung. Es geschah nichts. Solange er konnte, hielt er sein Gesicht ins Wasser, schnappte kurz nach Luft und tauchte es wieder ein. Dann forderte er heftiger und wurde dabei zornig. Er platschte auf die Wasserfläche und begann zu fluchen. Auch die Gerufene verfluchte er, doch weil er das Wasser nicht mehr berührte, konnte er sie mit seinen Flüchen nicht mehr treffen. Angewidert wandte er sich ab und fluchte weiter vor sich hin. Auch die letzten beiden begehrten auf: „Das würde denen so passen, lieber bleiben wir blind, als diese vermaledeiten Weiber um etwas zu bitten! Und magisch ist an denen sowieso nichts". Die Beiden waren zu stolz, um Heilung von verachteten Frauen zu erbitten und blieben lieber blind. Und so zogen sie alle drei, geräuschvoll schlurfend und stolpernd, von dannen. Doch der gütige Jüngling erbarmte sich ihrer und führte die drei Blinden nach Haus.

○

Der Weise hatte nun noch etwas zu klären, denn wo war eigentlich der König geblieben?

Er suchte endlich wieder den Prinzen auf, um mit ihm das Notwendige zu besprechen. Nur der Prinz könnte seinen Vater finden, doch dafür müsste er einen ganz bestimmten Traum träumen und wie würde das wohl gelingen? Auf dem Weg zur Kammer des Prinzen kehrte er nochmal um und holte sich Kräuter, ganz kleine Pflänzchen noch, aber diese würden wohl helfen. Der Prinz empfing den Alten mit einem Anflug von Ungeduld, dann ließ er sich schildern, was am letzten Festtag geschehen war. Erst allmählich kehrte des Prinzen Erinnerung zurück, wenn auch nicht vollständig, so doch nicht minder bedrückend. Er vertraute ganz dem Alten, ohne den er jetzt nicht sein wollte und lauschte aufgeschlossen jedem seiner Worte. Der Weise, der den Prinzen gerade erst wieder zurück hatte, musste ihn jetzt doch dringend wissen lassen, dass der König verschwunden war. Er musste dem Prinzen erklären, dass außer ihm selbst niemand fähig wäre, den Vater wieder zurückzuholen. Er beschrieb ihm ohne Umschweife, wie er die Aufgabe zu erfüllen hätte. Er sollte nun in bestimmter Weise träumen, um den Vater so bald wie möglich wiederzufinden. Einen Halbtraum sollte er hervorrufen, halb wachend und halb träumend. Schlafen, ohne zu schlafen und wach bleiben, ohne wach zu sein, ein schwieriges Unterfangen. Er sollte eingreifen können, um den König aus seinem Traum und mit sich fortzuziehen. Es würde eine Reise durch die Traumzeit von dort nach hier werden. Und er müsste es ohne ihn tun, aus sich selbst heraus. Der Alte verriet noch nichts von den Pflänzchen, denn die allein würden es nicht schaffen. Der Prinz musste in sich den eigenen Weg suchen, einen eigenen Weg finden, auf dem er sicher vorankam, sicher und vertrauend. Erst wenn er dazu bereit wäre, würde der Alte ihm eine Stärkung mit auf den Weg geben. „Nun ist es an der Zeit, dass du dich deiner Selbst besinnst und bedienst, denn wie du dies meistern willst, liegt allein in deiner Macht. Ich kann dir nicht helfen, selbst wenn ich wollte" und er dachte dazu: ‚Zu meiner Zeit wurde von den Weisen nicht so viel erwartet'. Er hatte allerdings von derartigen Ritualen gehört. „Besinne dich und finde deinen Vater", raunte er erst und begann es allmählich laut und lauter zu wiederholen. Doch den Prinzen überfiel Angst angesichts dieser schwierigen Aufgabe. Er fühlte sich alldem nicht gewachsen und wusste sich auch selber keinen Rat. Seine Zweifel wuchsen so dicht wie eine Dornenhecke.

Der Alte erhob sich und wollte gehen; er hatte noch einiges zu erledigen. Doch dafür brauchte er noch etwas Bestimmtes; und so verlangte er vom Prinzen einen Gegenstand, den er nur mit dem Vater in Verbindung bringen würde, ausschließlich mit dem Vater, mit nichts und niemandem sonst. Der Prinz überlegte hin und her, doch die Angstgefühle wollten nicht weichen. Und nun erschienen in seinem Kopf auch noch die scheußlichen Wesen der vergangenen Nacht, alle bedrückenden Erinnerungen kehrten zurück; schrecklich lebendig wirkten die Gestalten, und doch schleierhaft, unwirklich, formlos und doch fest. All das hätte er lieber für immer vergessen. Der Alte erkannte, dass Grausiges im Prinzen vorging und ließ sich die Bilder klar und deutlich beschreiben. Nun wusste der Alte, welche Mächte hier wirkten, und er begriff, dass er selbst den Kanal zu ihnen geöffnet hatte. Er, als er einst, so unweise noch, seine weise Frau verflucht und den Dämonen der Finsternis überlassen hatte. Er schauderte bei dieser Erkenntnis. Nur zu gern würde er den Fluch wieder von ihr nehmen. Doch die dunklen Mächte folgten ihren eigenen Gesetzen und was sie sich einmal genommen hatten, gaben sie so leicht nicht wieder zurück.

Nach dieser niederschmetternden Erkenntnis musste der Alte erst wieder zu sich finden und fragte dann aber den Prinzen noch einmal nach einem Gegenstand, der ihn einzig nur an seinen Vater erinnern würde. Und dem Prinzen fiel jetzt etwas ein. Er hatte als Kind einen kleinen schwarzen Stein von ihm bekommen, einen ovalen Stein, nicht viel größer als eine dicke Bohne. Doch manchmal, ganz selten, begann dieser Stein zu funkeln und wenn er ihn dann mit seiner Hand umschloss, fühlte er sich getröstet und geborgen. Er hatte diesen Stein seither völlig vergessen, und zwar seit dem Tag, da der Alte ins Schloss gezogen war. Es war der Troststein seiner Kindheit.

Nun suchte er ihn überall und fand ihn in einem alten Brustbeutel aus Leder. Vorsichtig zog er den Stein aus dem Beutel, umschloss ihn noch einmal mit seiner Hand und übergab ihn dann dem Alten. Einen Moment lang durchzuckte ihn der heftige Drang, den Stein schnell wieder zurückzufordern. Doch da lächelte der Alte besänftigend und schaute dem Prinzen in die Augen, als er versprach, dass er den Stein schon bald wieder zurückbekäme. Dann machte der Alte sich davon und der Prinz, nun ganz allein, überlegte angespannt, was er wohl für den Vater tun könnte. Aber schon die kurze Berührung seines einstigen Troststeines hatte die Dornenhecke seiner Zweifel gestutzt.
Noch mitten in seinen Überlegungen gefangen, fand er sich plötzlich vor den Rosen wieder. Dann lief er zum Brunnen, um Wasser zu schöpfen und damit die magischen Sträucher zu gießen. Dabei vernahm er ein Geräusch, das er schon einmal gehört hatte, eher ein Rauschen als ein Klingen. Zuerst tauchte ein Bild der Erinnerung in ihm auf. Ihm erschien Isabella, so, wie er sie im weißen Land ohne sie zu sehen oder mit ihr zu sprechen, dennoch mit

all seinen Sinnen gespürt hatte. Im Rauschen hier am Rosenbeet erkannte er jetzt das Rauschen wieder, das den Flug mit seinem Zwilling zum weißen Land begleitet hatte.

○

Gedankenverloren ging der Prinz durch die Nacht und gelangte geradenwegs zum Stall. Er suchte seine Ziege und gesellte sich zu ihr. Er streichelte sie dankbar, denn von ihr stammte die Milch der Wunder.

Eine Weile noch blieb er dort und genoss das Vertrauen der Ziege, die sich dicht an ihn drängte, um weiterhin gekrault zu werden. Des Prinzen Blick fiel dabei auf den Maulesel und allmählich gestaltete sich der von ihm erwartete Traum. Erleichtert verließ der Prinz den Stall und kehrte zurück zum Schloss.

Der Prinz und der alte Weise trafen sich in der Kammer wieder und der Weise erkannte in den Augen des Prinzen vielversprechende Zeichen. Nun übergab er dem Prinzen einen Tonbecher mit einem duftenden Gemisch darin und nickte auffordernd mit dem Kopf. Der Prinz war jetzt bereit, das wussten sie beide, und so trank er in einem Schluck aus, was der Alte für ihn gebraut hatte. Dann legte der Prinz sich auf den Boden und nahm sich noch ein paar Kissen dazu. Der Alte verschloss inzwischen die Tür und setzte sich, um nicht zu stören, etwas abseits auf den Boden.

○

Vor dem Prinzen erschien ein See, ein großer See, doch nicht voller Wasser. Ein See aus Ziegenmilch lag vor ihm und er legte sich an dessen Ufer. Aus diesem See trank er so viel Milch, wie er nur konnte, bis mitten aus der Fläche ein schmaler Steg aufstieg. Der Steg führte zu ihm hin und so lief er darüber bis auf die andere Seite. In der Ferne sah er einen Hügel, auf dem ein einzelnes Haus zu stehen schien und ein Baum, den er zu kennen glaubte. Er schaute genauer hin und wusste plötzlich mit großer Bestimmtheit, dass er genau dorthin wollte. Der Hügel jedoch wuchs sich zu einem Berg aus. Der Aufstieg war mühevoll, es schien, als wenn er kaum vorankam und so fragte er sich, was er denn wohl an diesem Ort zu finden hoffte. Wie als Antwort trat eine Gestalt aus dem Schatten des Hauses hervor. Nun erkannte er, wer es war und wusste auch, dass er zu ihm wollte, zu seinem Zwilling. Heute brauchte er ihn, denn er musste seinen Rat holen und er war nun zuversichtlich, denn er hatte ihn gefunden. Ein gutes Zeichen am Anfang, dachte der Prinz noch, als sein Zwilling ihn schon umarmte und schelmisch lachte, während er ihn fliegend heraufzog. An das Fliegen sollte sich der Prinz doch allmählich gewöhnt haben, aber es gefiel ihm wieder nicht. Und um sich davon abzulenken, redete er munter drauf los. Der Zwilling gebot ihm ungeduldig, erst einmal zu schweigen. Er sollte nicht wieder alles aufzählen, was bis jetzt geschehen war, sondern sollte einzig und allein sein vor ihm liegendes Ziel benennen, klar und deutlich und unmissverständlich. Der Prinz antwortete: „Ich will meinen Vater finden und wiederbringen", doch dem Zwilling schien das noch nicht zu genügen. Der Prinz überlegte und suchte nach Worten, doch stattdessen fiel ihm der kleine Stein ein. Spontan griff er in den Beutel an seiner Brust und siehe da, der Stein war darinnen. Er holte ihn hervor und drehte und wendete ihn mit den Fingern, dann sagte er: „Ich will meinen Vater finden.

Und ich will ihn als den Mann zurückholen, der er damals war, als er mir diesen Stein gab. Und ich will ihn zurück in die Welt holen für alle Zeit – mögen wir gemeinsam im Schloss erwachen".

Da knarrte und knackte etwas in der Kammer des Prinzen, der Alte war verwundert, doch den Prinzen weckte das Geräusch nicht auf. Aus der Ecke mit der Truhe kam es, aber der Alte zügelte seine Neugier, wollte er doch den Traum nicht stören.

Der Zwilling war mit diesem eindeutig ausgesprochenen Wunsch nun zufrieden und versicherte dem Prinzen, ihn ganz und gar zu unterstützen. Während er ihm das sagte, entdeckte er in den Augen des Prinzen ein Schattenbild der Isabella. Er ermahnte ihn inständig, sich jetzt ausschließlich auf den Vater auszurichten. Dann aber erklärte er dem Prinzen noch, dass Isabella gebannt verfolgte, wie und ob er seine Aufgabe erfüllen würde. Sie hatte seine Spiegelhülle zu einer Kugel geformt und konnte jeden seiner Schritte darin verfolgen. Der Zwilling wollte den Prinzen aber auch beruhigen: „Sei gewiss, sie wird bei dir sein, auch wenn du sie nicht sehen kannst". Der Prinz fühlte sich ertappt und musste lächeln, als er das hörte. Die Spiegelhüllen der Männer als Nachbildung ihres Daseins, in Kristallkugelform, darauf war er nicht gekommen. Die Weisheit der Magie und die Magie der Weisheit gingen eng umschlungen auf all seinen Wegen. Der Zwilling drängte zum Aufbruch und umfasste den Prinzen, der sich nun seinerseits an ihm festhielt. Und noch einmal wieder ein Flug. Sie flogen an einem Geflecht merkwürdig heller Fäden vorüber, dann landeten sie auf einer weißen, blendend hellen Kugel. Und diese leuchtete wie ein Vollmond, doch war sie dafür viel zu klein. Das Leuchten reichte auch nicht weit und blendete nur. Der Flug durch die stockfinstere Nacht hatte lange gedauert. Sie tasteten sich einige Schritte auf der weichlichen Masse entlang und entdeckten dann kurz über ihren Köpfen eine wuschelige Nebelwolke. Und die schwebte dort nicht einfach, sondern pendelte stattdessen, als wenn sie an etwas aufgehängt wäre.

Im Innern dieser Wolke lag tief schlafend der König. Der Prinz war vor Freude ganz aufge-

regt, doch der Zwilling bremste dessen Tatendrang mit den Worten: „Dort ist noch nicht hier", er drückte seine flache Hand gegen die Brust des Ungeduldigen. „Besinne dich erst auf den nächsten Schritt!", er wandte seinen Blick betont vom König ab. „Er liegt gut da oben und das Pendel schwingt weiter, es gibt nichts zu verlieren, bevor wir handeln. Wir sollten uns auf diese leuchtende Kugel setzen, etwas warten und dabei schauen." Es wirkte fast schon, als wären sie eingeschlafen. Doch plötzlich schien es, als hätten sie beide die gleiche Idee und sie sprangen auf. Als das Pendel genau über ihnen schwebte, warf der Prinz zielsicher den kleinen schwarzen Stein auf die Nebelhülle des Vaters. Von dem Aufprall erwachte der König und fing den Stein auf, der durch seine Hülle geschossen kam. Kaum hielt er ihn in seinen Händen, lächelte er glücklich über den Stein aus seiner Erinnerung. Er erkannte ihn wieder, doch dann blickte er suchend um sich und auch unter sich und entdeckte dort Gestalten, doch er konnte sie nicht erkennen.
Der Sohn indessen ermunterte ihn, er solle sich fallen lassen, herab und heraus aus sei-

nem flauschigen Wolkennest. Sie wollten ihn auffangen und sicher zum Stehen bringen, doch da schwang das Pendel bereits wieder hinweg. Während sie warteten, bis das Pendel zurückschwang, wurde dem König die Luft knapp zum Atmen. Das Loch in der Hülle seines umfangenden Wölkchens brachte das Gleichgewicht nun zum Wanken. So spie der Sohn von der Ziegenmilch, die er aus dem See getrunken hatte, einen breiten Strahl bis hinauf in die Wolke. Die Milch erstarrte zu einem festen weißen Bogen und so schwang sich der Vater auf diese seltsame Rutsche und ließ sich herabgleiten in die Arme der beiden. Allmählich erkannte nun der Vater seinen Sohn, ungläubig staunend, da der doch noch ein Kind sein müsste, denn die Zeit in der Wolke war für den jungen König stehen geblieben. Der Prinz bemerkte, wie der Vater ihn ansah und verstand seine schwierige Lage, die er ihm aber jetzt nicht erklären wollte. Er erkannte seinen Vater immer und überall, doch dieser hier kannte ihn nur in seiner Kindheit.

Offensichtlich war der übrige Teil des Königs nicht hier zu finden, die Suche musste also noch weitergehen. Doch wie sollten sie diesen Ort verlassen? Der Zwilling erklärte, dass er nur den Prinzen mit sich tragen könnte, der König aber müsste selber fliegen; der zuckte zusammen und sträubte sich heftig dagegen. Daraufhin verlangte der Sohn den kleinen Stein vom Vater zurück. Doch der Stein war nicht mehr da. War er denn verloren gegangen, als der Vater sich auf die Rutsche schwang? Ohne ein Wort zu verlieren, erfasste der Zwilling den grübelnden Prinzen und schoss mit ihm in die Luft hinauf. Die pendelnde Nebelkapsel schwebte gerade über ihnen und so galt es, schnell zu handeln. Ein Jeder schnappte sich, was er da vorfand, denn zwei Dinge gab es darinnen zu finden; den kleinen Stein und eine leere Hülle. Die Hülle hatte der Prinz sich gegriffen und schon klammerte er sich wieder fest an seinen Zwilling. Dieser umschloss den kleinen Stein mit seiner Hand.

Als sie den König erreichten und ihm die Gaben zeigten, ergriff er die ihm bekannte Hülle und zog sie sich gleich über. Mit dieser Umhüllung würde er fliegen können, denn so war er auch hierhergekommen. „Dehne dich in ihr aus und erfülle sie kraftvoll", sprach der Zwilling zum König und er setzte fort: „Wir müssen jetzt unbedingt auch deine andere Hälfte finden und sollten alle zusammen schleunigst danach suchen."

○

Auf ihrem Flug schienen sie ewig Kreise zu drehen, das erschöpfte die flugunerfahrenen Geister, doch nirgends gab es eine Möglichkeit zu landen. Riesige Wälder mit undurchdringlichen Baumkronen verwehrten den Kontakt zum Boden. Plötzlich schoss der König in die Tiefe und der Zwilling, nicht darauf gefasst, folgte erst etwas später hinterher. Die Beiden hörten es unter sich platschen und vorgewarnt verlangsamte der Zwilling den steil abfallenden Flug. Sie landeten am Rand eines kleinen, von dichtem Wald umsäumten Sees und sahen den König im Wasser strampeln. Er bewegte sich darin ungewohnt schwerfällig und kämpfte sich mühevoll voran. Die Gegend hier wirkte trostlos und kalt, die Schatten der Bäume waren bedrückend finster. Als der König seine beiden Vertrauten entdeckte, schwamm er so zügig wie möglich auf sie zu und suchte Boden unter seinen Füßen. Da erfasste ihn plötzlich ein Wirbelwind, der ihn unversehens aus dem See heraus hob, ihn dicht am Rande des Waldes entlang und hinauf und hinab wirbelte und schließlich aber zurück über die Wasserfläche. Dort wirbelte der König langsam und immer langsamer, bis er nur noch auf der Stelle schwebte. Als der König angstvoll unter sich blickte, entdeckte er sein Spiegelbild auf der düsteren Wasserfläche. Kaum sah er es, da fiel er schon hinab und plumpste mitten in dieses Bild hinein. Nach diesem Absturz war der Wirbel verschwunden, doch dies Engegefühl umschloss jetzt wieder seinen Körper. Erneut strampelte er und versuchte, dies Beengende abzustreifen. Währenddessen näherte er sich dem Land. Als er das Ufer des düsteren Waldsees erreichte, schien er umhüllt zu sein von seinem eigenen Spiegelbild. Behindert durch diese enge Hülle, konnte er sich kaum bewegen; schwer und steif schleppte er sich dahin, die Luft wurde ihm knapp. Erschöpft ließ der König sich auf den Boden fallen und begann hemmungslos zu weinen.

An dieser Stelle erreichten der Prinz und sein Zwilling den Unglücklichen. Der Sohn berührte den Vater ganz zart, wollte ihn besänftigen und ein wenig trösten, doch dieser schrie auf und brüllte vor Schmerz. Er meinte, die berührte Stelle müsse verbrennen. Der Prinz, voller Mitleid und Verzweiflung, fragte sich, ob er etwas falsch gemacht hätte? Doch der Zwilling hielt den Prinzen erst einmal vom Vater zurück.

Eine gewaltige Einsamkeitswelle rollte auf den Prinzen zu, doch er drängte sie zurück mit einem entschlossenen Blick aus leuchtenden Augen. Wie in die Luft geschrieben, erschien ihm sein Vorhaben. Es war der Satz vor dem Aufbruch und wurde nun der Satz vor der Rückkehr: „Ich will meinen Vater finden. Und ich will ihn als den Mann zurückholen, der er damals war, als er mir diesen Stein gab. Und ich will ihn zurück in die Welt holen für alle Zeit – mögen wir gemeinsam im Schloss erwachen".

Gleichzeitig drangen auch noch gemurmelte Worte des alten Weisen in seinen Sinn. Und die Gestalt der Isabella schwebte wie ein feiner

Nebelschleier an ihm vorüber, winkte unmerklich und lächelte sich vielsagend in seine Erinnerung. Wie ein Rausch übermannte ihn das Gefühl der Liebe zu ihr, es erfüllte ihn glühend mit neuer Kraft. Von Sehnsucht ergriffen fasste er nach dem kleinen Stein, den der Zwilling ihm schon reichte, und legte sich das Kleinod an die Brust. Von da aus führte er den Stein mit zarten Fingern bis zu seiner Schulter und berührte ihn dort mit seiner Wange. So eingeklemmt zwischen Kopf und Schulter strömte die eben herauf beschworene Liebe in sausenden Wirbeln um seinen Nacken und seine Schultern. Der Prinz begann zu leuchten. Erst seine Finger nur, dann seine Arme, sein Rumpf dann noch und auch seine Beine, zuallerletzt aber auch der Kopf. Dies Leuchten begann sich um ihn herumzudrehen, es wickelte sich um ihn und formte seinen Leib nach. Dann löste sich eine Lichtgestalt vom liebeerfüllten Prinzen ab und schwebte auf den König zu, der sich inzwischen wie ein Wurm krümmte. Das Licht umfloss den Leidenden und wendete und drehte ihn, bis er vollkommen umflutet da lag. Dann bildete sich, inmitten seines Körpers, von

Kopf bis Fuß eine Linie aus Licht. Direkt an der Linie teilte sich der Körper und die zwei Teile rutschten langsam auseinander. Sie rutschten allmählich nach links und nach rechts weg, wobei der Lichtfaden sich verbreiterte und sein Leuchten ausdehnte. Das Leuchten des Fadens schien sich aufzuzehren, denn es verblasste, während es beharrlich den Zwischenraum verbreiterte, den Raum zwischen dem einen und dem anderen halben König. Das Leuchten begann zu flimmern, wie ein zitterndes Licht, welches den König liebkosend umschmeichelte. Daraufhin begannen beide Hälften aus sich selbst heraus zu wachsen.

Je vollständiger diese zwei Körper wurden, desto weniger blieb vom Licht des Zwischenraums. Dann aber fuhr ein Blitz durch die Mitte und trennte die Beiden voneinander. Nun konnten sie sich wieder bewegen, ein Jeder getrennt und leicht und unbeschwert.

Sie liefen ein Stück auseinander und von dort aus wieder auf sich zu, sie sahen sich in die Augen und erkannten sich wesentlich. Sie befühlten einander und betasteten sich. Und sie lernten die Zeichen auswendig, um sie niemals wieder zu vergessen.

○

Der Prinz, der all dies mit angesehen hatte, konnte erst jetzt wieder richtig tief atmen, zu sehr hatte die Spannung auf seine Brust gedrückt. Wieder hörte er, wie aus weiter Ferne, die Stimme des Weisen beruhigend murmeln. Er verstand ihn nicht, doch irgendwie spürte er ihn, als wäre er in seiner Nähe. Er versuchte, ihn zu erkennen, doch diese Wahrnehmung entglitt ihm wieder. Sein Blick fiel stattdessen auf seinen Zwilling, der an ihm rüttelte und ihn ermahnte, er solle jetzt mit all seinem Können in seinem Traum bleiben. „Dein Vater braucht dich jetzt, denn er hält sich zwar wacker, doch kann ihn jeden Moment Furcht befallen. Das doppelte Erleben wird ihm bedrohlich erscheinen und er wird versuchen herauszufinden, wer von den Beiden er denn wohl sei. Diese Spaltung und Verdopplung endlich als Ganzes zu begreifen, wird ihn verwirren und unbegreiflich erscheinen. Glaube mir, es dauert seine Zeit, bis er wieder Klarheit erlangt. Bis dahin müssen wir ihn behüten und können einfach nur beobachten, was geschehen wird auf seinem Weg zur Entscheidung. Hoffen wir, dass die Zeit schon reif ist." Der Prinz bemerkte den Ernst in der Stimme des Zwillings und wurde sich plötzlich wieder seines Träumens bewusst. Aufmerksamkeit war hier vonnöten, um den König im rechten Moment mit sich zu reißen. Der Prinz war dazu bereit und griff doch unwillkürlich nach der Hand seines Zwillings, der ihm jetzt wieder ein Gefühl von Sicherheit gab. Sie entfernten sich ein Stück, um die Wandlung des Königs nicht zu stören. Und so, wie der Zwilling vorhergesehen hatte, wurde der König nun auf einmal sehr unruhig. Er schrie und jammerte, ächzte und stöhnte, schlug auf sich selbst ein und auf den Anderen. Beide rebellierten gleichzeitig, der Eine tat das, was der Andere tat. Sie rollten sich auf dem Boden und sprangen wieder auf, sie rannten in großen Kreisen auf den Waldrand zu und kehrten in kleinen Kreisen wieder zurück. Abgekämpft und dicht beieinander stolperten sie aufs Wasser zu, da jedoch erblickte der König plötzlich sein doppeltes Spiegelbild. Voller Entsetzen riss er sich aus der Zeit und sprang mit großer Wucht auf den Zweiten zu; der nahm sein Ebenbild blitzartig in sich auf. So verschmolzen raste der König nun um den ganzen Waldsee herum und hastete schließlich direkt auf den Prinzen zu. Der griff schnell und entschlossen zu, packte den Vater am Ärmel, zog ihn an sich und umklammerte ihn fest.

„Fliegt, fliegt nach Hause und erwacht beide in der Kammer beim wartenden Alten!" Der Prinz wusste selbst nicht, wer das wohl sagte, der Zwilling zu ihm oder er zum Zwilling. Doch dann spürte er schon einen Ruck, ein heftiges Sausen und einen Aufprall; der Prinz und sein Vater waren wieder im Schloss. Ohne Kratzer der Prinz, doch blutig der König; man wusste nicht, woher die Schrammen stammten. Als der Vater erwachte und seinen Sohn erblickte, da schrumpften die Kratzer, das Blut verschwand, die Wunden schlossen sich, und heil ward der König.

Der Vater umarmte seinen Sohn, der sich über ihn gebeugt hatte, küsste ihn dankbar auf die Stirn und tätschelte gleichzeitig den Arm des Weisen neben ihm. Dann erhob er sich geschwind und zog die Beiden an den Händen mit sich hinaus in den Garten zum großen Rosenbeet. Dort ergriff er eine Schaufel, grub damit die Erde um und schob das Altholz beiseite. Die jahrelang unbeachteten, verdorrten Reste der Rosenstöcke entfernte er sorgsam und stach sich doch an manchem Stachel. Er lächelte darüber und leckte sein Blut ab, grub aber emsig und entschlossen weiter und hob an der frei gewordenen Stelle eine tiefe Grube aus. In diese Grube legte der König sich hinein und verlangte vom Weisen, er solle ihn mit Erde bedecken. In der Nähe bewegten sich die zwei duftenden Rosensträucher im Windhauch und klingelten zart. Der betörende Duft umströmte den Weisen, während er, wie befohlen, die Erde schaufelte. Kaum war diese Arbeit beendet, erkannte der Prinz, dass er den Vater nun wieder ausgraben müsse. Und so geschah es, er buddelte emsig mit bloßen Händen, um den Vater nicht zu verletzen. Der Vater stieg wohlgemut aus der Grube und schüttelte die restliche Erde ab. Nun lohnte sich für den König ein wohliges Kräuterbad, um den neuen Tag zu begrüßen.

Wenig später fanden sie sich alle an der Frühstückstafel wieder. Andächtig betrachtete der alte Weise den Prinzen, der schwere Prüfungen bestanden hatte. Wahrhaftig - er war zum neuen Weisen geworden! Der Prinz fühlte sich leicht und beinahe glücklich, doch die Sehnsucht nach Isabella begann sich heftig in ihm zu regen.

Zwar wünschte er jetzt nichts mehr, als nur seine Ruhe, doch der nächste Schritt musste getan werden. Er suchte den ganzen Tag lang nach Antworten und fand aber doch nur beängstigende Leere. So erwartete er den Abend, die Stunde vor Mitternacht, und wollte bis dahin von nichts etwas wissen. Er schlenderte durch den Garten, besuchte die Tiere, immer in Gedanken versunken und unruhig getrieben.

○

Nach dem Abendessen endlich trat er an den Brunnen. Und die Ersehnte erschien ihm im selben Augenblick, heute nur mit einem durchsichtigen Tuch bedeckt, der gläserne Mantel war verschwunden. Ihre Hände umfassten ihren Bauch, sie lächelte selig und versonnen. Nun wusste der Prinz genau, dass auch sie von

ihrem Glück längst wusste. Er wünschte sich so leidenschaftlich an ihre Seite, wollte sie atmen und in seine Arme schließen, doch er warnte sich selbst eindringlich davor, das Wasser des Brunnens zu berühren. Warum nur musste es so schwer sein, zu ihr zu gelangen. Das Gewicht der Sehnsucht wollte ihn erdrücken. Er rief ihren Namen, wieder und immer wieder in den Brunnen hinein und wünschte sich sehnlichst, ein Zauber möge dieses liebliche Wesen in seine Welt hineinheben. Plötzlich legten sich ihre Hände, hinter ihm hervor greifend, auf seine Augen, er schloss diese und verstand. Die zarten Hände waren ihm wohl bekannt aus der Nacht der Träume. Ihr geschmeidiger Körper umfloss den seinen und sie vergingen bald im Rausch ihrer überirdischen Liebe. Kein Ton entwich ihnen, kein Sprechen, kein Schauen, doch dafür empfingen sie das Kostbarste dieser Welt.
Jedes Beieinandersein gab ihm neuen Mut und frische Kraft und stärkte seinen Glauben an sich und die Entschlossenheit zu kämpfen, um das Begonnene zu vollenden.

Lange Zeit wanden sich ihre Körper im Gras. Immer wieder versuchten sie sich zu trennen, aber kamen nicht voneinander los. Dann jedoch wurde sie sanft und zärtlich, beherrschte ihre Wildheit und zügelte so auch seine. Sie streichelte ihm die Hand und führte sie auf ihren Bauch: „Da liegt unser Geschöpf, der Stern unserer Liebe, lass uns dies Lichtlein bewahren und behüten. Ich muss jetzt fort, unsere Zeit ist längst vorüber, aber ich kann nicht, ich will nicht länger ohne dich sein. Ich weiß, dass wir noch Geduld haben müssen, doch die Zeit erscheint mir endlos." Sie beherrschte die Kunst der sprechenden Gedanken, er nickte dazu, als wenn er sie hörte. Seine Ohren vernahmen ein Plätschern im Brunnen und Isabella war plötzlich verschwunden. Ein weiteres Wunder war möglich geworden. Er spürte noch immer ihren Hauch wie einen Nebelschleier um sich und trug ihn nun mit sich fort, als er zu Bett ging. Dort kuschelte er sich in seine Decke und schlief sehr schnell und ganz fest ein.

◯

Am Morgen erwachte er frisch und munter, alle Sorgen waren vergessen, auch die unerfüllten Wünsche zwickten ihn nicht mehr. Er kramte in seiner Kammer und entdeckte dabei einen Tonbecher, der am Boden lag und unter seinen Füßen davon rollte. Er hob ihn auf, schaute neugierig hinein und entdeckte auf dem Boden den kleinen schwarzen Stein. Der Stein des Vaters, der Stein der Erinnerung. Der Topf roch bitter und säuerlich und doch auch süßlich. Ein letzter roter Tropfen rollte ihm entgegen, doch da fiel ihm der Becher aus der Hand und zersprang am Boden. Die Tonscherben verglühten und zerfielen zu Asche, der kleine rote Tropfen kroch in die Asche hinein. Ein helles Licht noch, dann blieb nichts von all dem übrig und der Prinz trat ans Fenster und schnappte nach Luft. In diesem Augenblick rauschte ein kleiner schwarzer Vogel dicht an seinem Kopf vorbei und durch das Fenster nach draußen in die Weite.

○

Der Prinz seufzte tief, reckte und streckte sich, er gähnte ausgiebig und verließ dann sein Zimmer. Er ging nach draußen, um den Garten zu begrüßen und er besuchte die Rosen, die er sogleich auch goss. Und wieder dankten sie ihm lebhaft klingend. Dann zog es ihn zu den Tieren. Der Stallknecht, dem die Geschichte mit der Milch noch irgendwie zu schaffen machte, empfand so etwas wie Furcht in der Nähe des Prinzen, der anscheinend zaubern konnte. Die angespannte Miene des Stallknechts deutete der Prinz als Sorge um die Tiere. Er führte den Maulesel aus dem Stall und ritt mit ihm aus. Warum gerade mit dem Esel und nicht mit dem Pferd, das wusste er selbst nicht. Er wollte einfach nur die Waldluft atmen und sich dabei auf sich selbst besinnen.

○

Er ritt einen ähnlichen Weg, wie einst zu Pferd mit seinem Vater. Er gelangte an den Teich mit den bunten Fischen und die Sonne brachte wieder das Wasser zum Funkeln. Diesmal wollte er noch ein Stück weiter reiten, als damals mit dem Vater zusammen. Ihn zog das freie Stück zwischen den Wäldern an, doch jäh gehorchte der Maulesel auf keine seiner Züglungen mehr. Das sonst so brave Tier preschte einfach los, bis an das Ende der Lichtung.

Und ausgerechnet hier lag der alte Weise am Boden. Der Prinz sprang flink vom Maulesel herab, beugte sich über den Alten und entdeckte viele Wunden. Sie waren anscheinend über den ganzen Leib verteilt und bluteten stark. Der Prinz nahm den Kopf des Alten in seine Hände und flehte ihn an, er möge doch sagen, was ihm geschehen sei. Doch der Alte brachte kein Wort heraus, stattdessen schwanden ihm die Sinne. Der Prinz wusste, er musste dringend helfen, doch er wollte den Alten nicht allein lassen. Hilfe zu holen, kam deshalb nicht in Betracht. Er grübelte angestrengt, doch kam zu keinem Schluss. Wie lange mochte der Alte schon hier liegen? Er entkleidete ihn und entdeckte überall kleine Scherben, die wie Splitter in jeder Wunde steckten. Glasscherben nun auch hier beim Alten. Der Prinz hob ihn vorsichtig vom Boden auf und trug ihn auf seinen Armen von dieser unheimlichen Stelle fort. Das Blut des Alten tropfte eine Spur auf den Weg. Der Prinz rannte, so schnell er nur konnte, ohne den Alten dabei zu sehr zu rütteln. Er steuerte einen besonderen Ort an und doch ahnte er noch

nicht, wohin seine Schritte ihn wohl führen würden. Die Luft wurde ihm schon knapp, als der Maulesel ihn von der Seite her an stupste; er war ihm unbemerkt gefolgt. Vorsichtig lud der Prinz den Weisen auf den Rücken des Tieres und schwang sich dahinter selbst hinauf. Als der Maulesel lostrabte und dann unglaublich schnell wurde, hoben sie ab und flogen durch die Lüfte. Einen Augenblick später standen sie dicht am vertrauten Ameisenhaufen. Der Prinz staunte nicht schlecht; woher wusste der Maulesel wohl, dass er, der Prinz, genau hierher gewollt hatte?
Einst hatte der Prinz hier den Ameisen helfen wollen, nun brauchte er stattdessen ihre Hilfe. Er legte den Alten dicht an den Ameisenhügel und augenblicklich strömten die Tierchen herbei. Sie bewimmelten den Leib des verletzten Alten und zogen emsig die Splitter aus den Wunden. Dann schleppten sie kleine Moosstückchen herbei, zogen sie von Wunde zu Wunde und hemmten so die Blutung. Schließlich nahmen die Ameisen die vollgesogenen Pölsterchen und kehrten in ihren Bau zurück. Danach erschienen größere Ameisen und

trugen ein grünes Blatt herbei und mitten auf diesem Blatt haftete ein Tropfen. Behutsam kletterten sie, mit diesem Blatt und der glänzenden Perle darauf, auf die Stirn des Alten und legten es zwischen seinen Augen ab. Dort begannen sie das Blatt von den Rändern her zu zermalmen. Das Zerkaute aber vermischten sie gründlich mit dem Tropfen in der Mitte. Als das grüne breiige Häufchen auf der Nasenwurzel des Weisen verteilt war, verschwanden die Ameisen wieder in ihren Bau. Von dort her erklangen nun Töne, ein Klingen in seltsamer Weise, und da endlich schlug der Alte die Augen auf. Er erblickte den Prinzen, der staunend in der Nähe stand. Dann rollten Tränen aus den Augen des Alten, tropften über seine Schläfen und über die Ohren direkt auf den Boden vor dem Bau der Ameisen. Dort rollten sie zu Perlen erstarrt auf den Hügel zu und in ihn hinein.

Der Alte versuchte sich aufzusetzen, entdeckte seine Nacktheit, sah die vielen Narben und ihn überkam Scham über seine Blöße. Der Prinz nahm eilig den Umhang von seinen Schultern und bedeckte damit den Leib des Alten. Er half ihm aufzustehen. Der Alte bestaunte den Hügel der Ameisen, schüttelte den Kopf und schnaufte anerkennend, es wurde offensichtlich, dass er den Prinzen bewunderte. Und rückblickend erkannte der Alte, wie schnell Weisheit durch Liebe wächst, schnell und unermesslich.

Der Prinz indessen spürte den Antrieb, der ihn so sicher geleitet hatte, noch immer. Er wirkte weiter in ihm fort und suchte unverkennbar nach einer weiteren Aufgabe. Der Prinz entdeckte dann schließlich, als der Alte sich vollständig aufgerichtet hatte, eine weitere Wunde auf dem Rücken des Alten. Dort steckte noch eine einzelne Scherbe, eine einzige nur, aber dafür besonders groß. Als der Prinz danach greifen wollte, um sie zu entfernen, überkam ihn ein Schwindel, der ihn lähmte. Er konnte einen Augenblick lang nichts mehr sehen und zog seine Hand zurück. Er bat den Alten, sich nicht mehr zu bewegen, sagte ihm aber nicht warum. Der Alte fügte sich voller Vertrauen dem Rat seines Schülers, des neuen Meisters.

Der Prinz aber hockte sich noch schnell am Ameisenhaufen nieder und dankte den emsigen Helfern. Das freundliche Klingeln wurde

Musik in seinen Ohren. Ganz leise fragte er zum Ameisenhaufen hingewandt, was er nun tun solle, um den Alten auch von dieser großen Scherbe zu befreien. In seinem Innern verstand er die Antwort, die die Ameisen ihm entgegen klingelten. „Suche die Wesen, die Dir schon einmal geholfen haben, als du allein nicht mehr weiterkonntest." Der Prinz überlegte noch, doch seine Füße hatten schon verstanden, denn sie liefen los, wie aus eigenem Willen. Der Prinz fasste nach der Hand des alten Weisen und zog ihn mit sich fort, in den Wald hinein.

○

An einer freien Stelle zwischen den Bäumen, an einem Fuchsbau, wie es schien, machten sie Halt. Doch sie hatten sich getäuscht, ein Fuchsbau war es nicht.
Während sie noch in das Erdloch starrten, umkreiste sie eine große Schlange, die ein Krönchen auf dem Kopf trug. Der Prinz griff geschwind nach diesem Krönchen, nahm es ihr weg und hielt es ganz fest in seinen Händen. Er hielt das Krönchen dicht vor die Augen des

Alten, bis dieser sie schloss und einzuschlafen schien.

Ungeduldig verlangte die Schlange ihr Krönchen zurück. Der Prinz tat, als wenn er nicht im Traum daran dächte, die Krone wieder herzugeben. Da versprach die sich ringelnde Schöne, ihm einen Wunsch zu erfüllen, wenn sie von ihm die Krone zurückbekäme. Er zeigte auf den Rücken des Alten und auf die Scherbe in der Wunde. Die Schlange verstand seine Bitte und versprach ihm zu helfen. Doch dafür bräuchte sie ihre Krone wieder, er sollte ihr getrost vertrauen.

Etwas unschlüssig reichte er ihr das Krönchen hin und setzte es ihr sogar selber auf den Kopf. Kaum geschehen, da wand sich die Schlange, von Fuß bis Kopf um den Leib des Alten, sodann fiel, so groß, wie ihre gebildete Spirale, unter dem Alten eine Bodenplatte in die Tiefe. Der Alte, so von der Schlange umwickelt, sauste hinab in diese unterirdische Welt. Der Prinz kauerte sich neben das nun schon wieder verschlossene Loch und übte sich in Geduld, denn er wollte diesen Ort nicht verlassen. Die Zeit wurde ihm lang und er überlegte, was er denn inzwischen tun könnte. Bilder erschienen in seinem Geiste; er ließ sie an sich vorüberziehen und betrachtete sie genau. Frühe Erlebnisse, vergangene Träume, ihm fiel alles ein, was sich im Schloss je ereignet hatte, seit der Alte dort eingezogen war. Bilder, nur Bilder, doch sie sagten ihm mehr als Worte.

Dann erinnerte er sich an die vergangene Nacht mit Isabella. Er ahnte bereits, dass dies magische Erscheinen außerhalb des Brunnens nur ein einziges Mal möglich gewesen war. Sein Herz zog sich zusammen; er kannte noch immer keine Brücke zur Welt der Frauen und der Abstand zwischen ihm und Isabella fühlte sich schier unüberwindbar an.

Da riss ihn ein Geräusch aus seinen Gedanken. Die Schlange erschien in gleicher Weise, wie sie mit dem Alten verschwunden war. Nun wickelte sie sich vom Körper des Weisen und gab den Alten frei. Der erschien in jugendlicher Frische, wahrlich verjüngt und nicht nur geheilt. Die Schlange machte sich jetzt eilig davon, bevor der Prinz ihr noch danken konnte. Erst jetzt öffnete der Alte seine Augen. Die beiden Männer strahlten sich an, voller Glück und voller Dankbarkeit. Schweigend verließen sie den Wald und trafen auf der Lichtung den Maulesel, der dort geduldig auf sie gewartet hatte. Zu dritt wanderten sie zurück zum Schloss, eine lange Zeit, um sich schweigend zu verständigen. Unermessliche Liebe erfüllte die Beiden und ließ sie in einem magischen Leuchten erstrahlen.

Als sie den Schlossgarten erreichten und das Tier zum Stall geleiteten, mussten sie erkennen, dass die Zeit an diesem Ort wohl schneller vergangen war. Ein Tag schien ihnen verloren gegangen zu sein, sie konnten es sich nicht und auch niemandem sonst erklären.

Im Garten warteten unterdessen schon die Jünglinge auf den Prinzen, denen er versprochen hatte, drei Tage nach dem Fest mit ihnen zu reden. Doch woher sollte der Prinz denn wissen, was er den Wartenden sagen sollte?

Auch der König kam ihnen entgegen, deutlich erkennbar von Sorgen befreit, jetzt, als der Prinz endlich wieder da war. Der Vater, der sich in diesen besonderen Tagen vollkommen auf seinen klugen Sohn verließ, hatte ihn schon schmerzlich vermisst.

Wortlos lächelten die beiden Weisen. Der König betrachtete sie ehrfürchtig und sprachlos. Andächig schnupperte er den Hauch, der sie umgab und traute sich gar nicht, sie zu berühren. Ein Zauber umfing die Beiden und der König fürchtete, diesen durch eine Umarmung zu lösen.

Der Prinz bat die Jünglinge, die geduldig gewartet hatten, um Verständnis für sein Ruhebedürfnis. Sie sollten doch bitte morgen wiederkommen, da würde er vermutlich Zeit für sie haben. Sie hatten ein Einsehen und wollten gern am nächsten Tag wieder da sein.

Der König wollte jetzt am liebsten mit den beiden Heimgekehrten speisen, doch der Prinz und der Alte hatten keinen Hunger. Aber sie waren sehr durstig, tranken sehr viel und zogen sich dann lieber zurück.

○

Der Prinz betrat seine Kammer und entdeckte sogleich, dass das Tuch auf der Truhe anscheinend darüber schwebte. Die kristallene Masse war aus der Truhe heraus gequollen und war so sehr gewachsen, dass die Truhe von allen Seiten umhüllt war. Wie auf einem hohen

Podest lag die Decke ausgebreitet wie ein großer Teppich. Und die Kristallmasse quoll weiter in alle Richtungen. Wie sollte er all das je wieder verstecken können, es sollte doch nach wie vor keiner sehen. Einerseits erfreut, doch andererseits auch bedrückt, erkannte er nun die Macht und Gewalt des umschließenden, gläsernen Mantels, den Isabella einst tragen musste. Er versuchte jeden sichtbaren Ausläufer der Kristallmasse unter Tüchern zu verbergen und holte auch noch weitere Decken dazu.

Dann wollte er endlich zur Ruhe kommen und legte sich zu Bett. Doch der Schlaf mied ihn und so sann er noch lange nach. Wie sollte *er* das Gesuchte finden, schien es ihm doch, als hätte bisher das Gesuchte *ihn* gefunden - es musste doch einen Weg geben zwischen wollen und handeln - hier endlich schlief der Prinz ein.

○

Er erwachte erst spät am Abend. Eiligen Schrittes begab er sich zum Brunnen und dort erwartete ihn Isabella, der Trost seiner Tage und seiner Nächte, die Kraft seines Herzens und seines Glaubens. Sie wirkte zurückhaltend, etwas bedrückte sie, er kannte ihr Wesen doch schon so gut. Als er sie danach fragte, erfuhr er auch den Grund; es war eine nachdrückliche Verwarnung wegen ihres eigenmächtigen Handelns bei ihrer letzten Begegnung am Brunnen. Die ernste Ermahnung lastete wohl noch schwer auf ihrer Seele, denn beinahe hätten sie sich nie wiedergesehen, jedenfalls nicht hier an ihrem Brunnen. Dann erklärte sie mit einem verschmitzten Lächeln, warum sie dennoch erscheinen durfte: „Sie sagten mir, meine Kraft sei es nicht gewesen und deine allein hätte auch nicht gereicht, nicht einmal unser beider Stärke zusammen hätte dies Wunder vollbringen können. Eine magische Kraft an deiner Seite scheint dich zu führen und zu stützen. Du besitzt jetzt eine Macht, die so groß ist, dass die Frauen dir von ihrer Seite aus nichts entgegensetzen wollen. Diese Stärke, zusammen mit unseren beiden Wünschen, vermochte mich aus dem Brunnen zu heben. Und diese erhabene Magie schafft Hoffnung und ein Vertrauen, das uns beiden alles verzeiht."

Der Prinz hatte es schon längst geahnt, dieses Wunder würde nicht noch einmal geschehen. Die magische Sphäre aber, in der es erst möglich geworden war, die konnte er nun wieder spüren und sie festigte seinen Glauben an sich selbst und an das Gelingen der Erlösung.

○

Der Prinz und Isabella hatten sich auch heute wieder viel zu erzählen, doch sie fühlten sich sprachlos einander noch näher. So blickten sie sich unentwegt tief in die Augen und streichelten zart ihre Seelen. Und wie immer war die Zeit viel zu kurz; als es Mitternacht wurde, wuchs ihre Sehnsucht. Sie wollten sich nicht voneinander trennen, wollten sich für immer so nah bleiben, doch erbarmungslos und unaufhaltsam verblich Isabellas Bildnis im Wasser. Der Prinz starrte in den Brunnen und umarmte sich selbst dabei, er musste sich festhalten, um dem schwindenden Bild nicht zu folgen. Er fühlte eine Enge in seinem Herzen und plötzlich begriff er, dass ihn die allabendlichen Begegnungen fortan nicht mehr nur stärken würden. Der Aufwand, der künftig nötig sein würde, um die Sehnsucht zu ertra-

gen, schuf eine dumpfe Leere in ihm. Vielleicht war das nun eine weitere Prüfung, eine Prüfung seiner Zügelung, seiner eigenen Beherrschung?
Angst überfiel ihn angesichts seiner Ratlosigkeit. Wollte, nein, könnte er sich unter diesen Umständen überhaupt noch wünschen, Isabella wiederzusehen? Die Tage würden ungenutzt vergehen, wenn er sich beständig nur die Nächte herbeiwünschte. Und jede Nacht würde kurz und kürzer erscheinen und seine Zufriedenheit nur immer weiter schmälern. Die Gedankenfäden des Prinzen verknoteten sich und wurden zu einem unentwirrbaren Knäuel.
Der Prinz verließ den Platz am Brunnen und ging noch etwas im Garten umher, unruhig und verstört gegen die eigenen Fragen ankämpfend. Er fühlte sich völlig überfordert und floh dann lieber in sein Zimmer. Er wollte sich dort im Schlaf verstecken. Doch seine Gedanken saßen ihm beharrlich auf der Schulter und machten so viel Lärm, dass der Schlaf sich nicht in seine Nähe traute.
Erschien die Unzufriedenheit von heute nicht auch als Warnung für morgen? Und war die

Unzufriedenheit nicht eigentlich auch die Schwester der Ungeduld? Der Prinz hatte sich geschworen, unter allen Umständen Geduld zu bewahren, wie sollte er sich nun an seinen Schwur halten? Damals hätte er die warnenden Worte des Alten am liebsten überhört, als der ihm sagte, wie schwer noch alles werden würde. Doch die Wahrheit dieser Worte hatte ihn nun eingeholt. Wie, um sich zu trösten, stand er noch einmal auf, um nach der Truhe zu sehen. Doch das, was er jetzt vor sich sah, nahm ihm fast die Luft zum Atmen. Er zündete eine Kerze an, um sicher zu gehen, dass es wirklich wahr wäre, was er zu sehen glaubte. Die Kristallmasse hatte begonnen, sein Zimmer zu erobern. Sie kroch überall entlang, am Boden, an den Wänden und hob Decken und Tücher einfach auf und trug sie mit sich fort. So schlich die Masse wie ein gläserner Geist in Verkleidung durch sein Gemach und wirkte bedrohlich.

Der Prinz entsann sich des großen Gemachs, das der König ihm immer wieder angeboten hatte; doch jedes Mal hatte er es abgelehnt und seine kleine Kammer bevorzugt. Nun, zum ersten Mal, wünschte er sich das größere Zimmer. Doch jetzt war er schon zu müde, um noch in ein neues Gemach umzuziehen.

Auf der Seite der Kammer, an der sein Bett stand, war der Boden vom sich ausbreitenden Kristall noch unbedeckt geblieben. Misstrauisch beäugte der Prinz die Masse, die jetzt aber im Kriechen anscheinend wieder einhielt. Nach einem letzten argwöhnischen Blick legte er sich in sein Bett und schlief sofort ein, trotz aller Zweifel und Bedenken.

Der Schreck erwartete ihn am nächsten Morgen. Über Nacht war die Kristallmasse doch um sein Bett herum gekrochen. Ein dicker gläserner Teppich bedeckte den Boden, das Zimmer war völlig zugewachsen. Ein Glück, dass wenigstens das Bett noch verschont geblieben war. Doch die Gefahr, auch dort noch erfasst zu werden, schwebte wie dicke Luft über ihm. Der Prinz fürchtete jetzt um seine Freiheit, sah jedoch keinen Weg, sein Zimmer zu verlassen, ohne die Masse zu berühren. Ihm wurde klar, dass der scheinbar glückverheißende Kristall, einst eine Kostbarkeit zum Küssen und Bestaunen, in Wirklichkeit keine segensreiche Gabe war. Im Gegenteil - inzwischen hatte sich das anfangs so bestaunte Glitzersteinchen zu einer bedrohlich wirkenden gläsernen Masse gewandelt. Furcht überfiel den Prinzen; wenn er, als Vertreter aller Männer, vom Glas umhüllt und darin gefangen wäre, so gäbe es keine Erlösung mehr; die übrigen Männer müssten ihm folgen und alle zusammen wären verloren. Angesichts dieser riesigen Verantwortung erwachte er zu vollkommener Klarheit. Ein Schauer durchfuhr ihn und ließ ihn erbeben. Am liebsten hätte er jetzt den Alten zu sich gerufen, doch wusste er ja, dass niemand das gläserne Unwesen zu Gesicht bekommen durfte. Dennoch verlangte er im Stillen nach dem Rat des alten Weisen. Der erschien ihm in seinen Gedanken wie ein heraufbeschworener Geist und so konnte der Prinz ihn erleichtert um Hilfe bitten: ‚Ich habe hier etwas, das so groß ist, dass ich es nicht mehr verbergen kann, und doch darf kein fremdes Auge es je erblicken. Als ich erwachte, bedrängte es mich schon, es liegt vor dem Bett und auch vor der Tür und niemand darf es berühren. Was soll ich bloß tun, wie komme ich hier heraus?' Auch die Antwort des Alten vernahm er nur im Geiste, doch lauschte er gespannt den leisen Worten. ‚Kannst du noch irgendwie das Fenster erreichen? Die Kletterpflanzen an der Außenwand werden dich tragen; so gelangst du zum Fenster des Nebenzimmers. Kannst du aber auch dort nicht mehr hin, so bündele all deine Kraft und fliege! Du kannst es, du schaffst es, du musst nur fest daran glauben.'

Doch die eigenen Zweifel lähmten den Prinzen, er konnte sich überhaupt nicht mehr rühren. Die Angst umklammerte ihn von allen Seiten; er war jetzt auf sich allein gestellt. Niemand war da, um ihm zu helfen. Und je mehr ihm das klar wurde, desto heftiger packte ihn das Entsetzen. Eine übermächtige Angst schnürte ihm die Kehle zu und schien ihn verschlingen zu wollen. Da entbrannte in ihm eine Wut auf den Alten. Er begann, ihn aufbrausend zu beschimpfen, dass er sich ihm doch jetzt nicht entziehen dürfte. Er müsste ihm helfen, das sei seine Pflicht! Und weil sich davon nichts änderte, schimpfte er immer mehr auf den Alten. Er fühlte sich von ihm verraten und im Stich gelassen, obwohl er ihn doch auch aus seiner Not gerettet hatte. Nun wollte der nicht bereit sein, ihm zu helfen und ihn in Sicherheit zu bringen. Je zorniger er wurde, desto größer wurde seine Kraft, mit der er sich aus den würgenden Armen der Angst befreien konnte. Er streifte die Beklemmung restlos von sich ab, atmete tief und spürte seine Macht in sich aufsteigen. Er wetterte vor sich hin, dass er gleich beweisen werde, wie gut er auch allein zurechtkäme; und das wollte er nun auch zeigen.

Im selben Augenblick drang ein feines Klingen zum offenen Fenster herein. Es wurde laut und immer lauter und rief ihn eindringlich nach draußen. Ja, dort wollte er hin, er wollte zu Isabella, denn ihre Stimme glaubte er zu vernehmen. Er sehnte sich heftig und voller Verlangen nach ihr, doch je mehr er sich sehnte, desto schneller wuchs die Kristallmasse in sein Bett hinein. Glücklicherweise bemerkte er das nicht, all seine Sinne waren auf Isabella gerichtet. Das Klingen erschien ihm so vertraut und es zog an ihm auf sanfte Weise.

Plötzlich sah er eine Kutsche vor sich, eine Lichtkutsche im weißen Land; Isabella raste damit in Windeseile direkt auf die trennende Grenze zu. Besorgt, es könne gleich ein Unglück geschehen, wollte er die rasende Kutsche aufhalten und so seine geliebte Isabella retten. Also erhob er sich geschwind und flog scheinbar im Gefieder einer Eule ganz dicht an die weiße Grenze heran. Dort lauschte er den Tönen, die ihm vertraut erschienen, doch er erkannte sie nicht. Und während er noch lauschte bemerkte er, dass er unterdessen am Brunnen lehnte; im Wasser schien eben noch sein Zwilling zu verschwinden.

Als der Prinz an sich herabsah, entdeckte er an sich kein Gefieder, er war wohl auch nie Eule gewesen. Von Nebeln umwölkt starrte er in den Brunnen. Sein Gesicht brannte wie Feuer, der hochrote Kopf glühte. Bedenkenlos senkte er sein Gesicht ins Wasser und kühlte die ermüdeten Augen. Der Blick nach innen hatte ihm viel mehr offenbart, als die äußere Welt ihm je bieten könnte. Erschöpft ließ er sich zu Boden gleiten und lehnte seinen Rücken an den kühlenden Brunnenrand.

○

Die Sonne schien heiß herab und der Prinz war allein im Garten. Er schaute nun an der Wand des Schlosses empor bis zu seinem kleinen Fenster; es wirkte verschlossen. Erst jetzt wurde ihm klar, dass das Unmögliche geschehen war und er sehnte sich plötzlich nach der Anwesenheit des alten Weisen. Doch er schämte sich auch ein wenig wegen seiner wütenden Beschimpfungen; ganz genau konnte man ja nicht wissen, ob der nicht doch alles hören konnte, was er im Geiste zu ihm gesprochen hatte. Also schlich der Prinz, bereit, sich zu entschuldigen, zum Alten hin und fand ihn unerwartet fröhlich vor. Der Alte griff mit ausgestreckten Armen nach den Schultern des zurückhaltenden Prinzen und empfing ihn herzlich lachend als einen wahrhaft mächtigen Weisen. Ein Magier war aus dem Prinzen geworden. Von oben bis unten beäugte der Alte ihn gründlich und stellte dann amüsiert fest: „Du hast die Wut offensichtlich gebraucht, gewissermaßen als Zündstoff für deinen eigenen Antrieb, denn du siehst nicht unbedingt aus, als wenn du aus dem Fenster geklettert wärest." Sie lachten beide befreit und befreiend und herzerfrischend noch dazu. Nun, da all der Staub von der Seele wie weggefegt war, offenbarte dieses Lachen das tief verwurzelte gegenseitige Vertrauen der beiden Weisen. Gleich als Nächstes wollten sie die Kammer des Prinzen fest verschließen und das neue Gemach für ihn herrichten lassen. Seine Kleider hingen nicht in seinem Zimmer, sondern im Ankleideraum daneben, und so war in der alten Kammer nicht viel von ihm zurückgeblieben. Das neue Gemach war lange schon fertig, eigentlich blieb nichts weiter zu tun, als dort einzuziehen. Plötzlich entsann sich der Prinz seines gestrigen Versprechens und begab sich in den Garten, um die zu sich bestellten Jünglinge zu empfangen.

○

Der Erste, der mit dem Prinzen redete, war eben der Jüngling, dessen Augen zuerst geheilt worden waren, bevor er danach auch die anderen zur Heilung führte. Der Prinz fühlte sich sogleich wie durch ein unsichtbares Band mit ihm verbunden und so war er zuversichtlich, sich mit den Jünglingen gut zu verstehen.

Trotzdem konnte er sie in keiner Weise in alle seine Geheimnisse einweihen, er konnte ihnen nicht einmal von seinen seltsamen Reisen berichten. Das Unbegreifliche würde sie nur verstören. Doch er wollte stattdessen ihr Vertrauen erlangen und ihre Augen für unbekannte Zauberwelten öffnen. Also begann er zu erklären, dass bald Unglaubliches geschehen würde, doch sie sollten zu all dem Erlebten dann keine Fragen stellen. Er würde an ihrer Seite bleiben und sie auf den unbekannten Wegen führen. Am Ende fragte er sie eindringlich, ob sie denn überhaupt bereit wären, sich in völligem Vertrauen, ohne Vorbehalte und bedingungslos seinem Willen zu fügen, da nickten sie schon, ja, das wollten sie, deshalb waren sie ja hier.

○

Dankbar für dieses Einverständnis war der Prinz nun entschlossen, die Jünglinge in ein Geheimnis einzuweihen. Und so erinnerte er sie an ihre am letzten Tag des Festes fortgeflogenen Spiegelbilder. Und er verriet ihnen, dass diese Spiegelbilder sich bei den jeweiligen Frauen zu Kugeln geformt hatten. In dieser magischen Kugel konnte eine jede Frau ihren Liebsten entdecken und ihm nah sein, sobald sie sein Bild betrachtete. Die Jünglinge staunten und hingen gebannt an den Lippen des Prinzen, als er fortfuhr: „In jedem Moment, in dem ihr in euren Herzen an sie denkt, berührt ihr sie wahrhaftig und unmittelbar." Das klang zwar unglaublich, doch die Jünglinge zweifelten nicht daran; zu viel Verwunderliches war bereits geschehen. „Ich möchte eine magische Reise vorbereiten. Wir werden uns darauf einstimmen und dann das Unmögliche wagen. Ich kann euch nichts versprechen, aber vielleicht könnte es gelingen, dass wir uns dabei mit unseren Frauen verbünden." Die Worte, die aus seinem Munde kamen, erstaunten den Prinzen selbst. Die Stimme, die aus ihm sprach, schien schon längst erkannt zu haben, wonach er glaubte, noch suchen zu müssen. Das Bündnis mit den jungen Männern hatte wohl an seinem Verstand vorbei in der Tiefe gewirkt. Könnten die Jünglinge womöglich auch helfen, das magische Tor wieder zu entriegeln, hinter dem die Frauen verschwunden waren?

Die Jünglinge wurden von Aufregung erfasst, als ihnen deutlich wurde, wie ernsthaft der Prinz mit ihnen sprach. Er erhob sie aus ihrem gewöhnlichen Alltag, hinauf in eine erhabene Welt. Diese ungewohnte Beachtung verlieh ihnen einen leuchtenden Schimmer und so schlossen sie für einen Moment ihre Augen, nun bereit auch nach innen zu schauen.

○

Am Rande des Gartens, weit hinter den Ställen, wo der Waldrand geheimnisvoll rauschte, lag eine kreisrund gewachsene Wiese, auf dieser errichteten sie ein großes Zelt. Die auserkorenen Jünglinge zogen ein in dieses Kuppelzelt, hier sollten sie Ruhe finden und kaum sprechen aber schauen. Die Nähe des Waldes berauschte ihre Sinne. Am Tage sangen die Vögel ihre Lieder und die Bienchen summten fleißig ihren Brummton dazu. Die Bäume rauschten im Wind und wiegten ihre Kronen unter den ziehenden Wolken. Die Natur tanzte auf ihre eigene alte Weise und öffnete mit sanfter Harmonie die Herzen. Staunen zog ein wie ein goldener Lufthauch und erwärmte schimmernd und flatternd die Seelen.

Der Prinz wusste, dass sie erst bei Vollmond mit ihrem Vorhaben beginnen konnten und so warteten sie geduldig. Er genoss die Ruhe, um sich zu besinnen, versuchte zu erhaschen, was in ihm schwebte, auch wenn es nicht greifbar war. Plötzlich wurde ihm bewusst, dass Tage verstrichen waren, in denen er nicht ein einziges Mal daran gedacht hatte, Isabella am Brunnen zu besuchen. Er konnte es kaum fassen. Umgeben von den Jünglingen hatte er beständig nach Wegen gesucht, wie sie wohl ihren geliebten Frauen und er seiner Isabella nah sein könnten. Doch die zauberhafte Isabella, die er jede Nacht am Brunnen treffen könnte, war unterdessen seinem Sinn entglitten. Vielleicht hatte ihn etwas absichtlich daran gehindert, sich jede Nacht erneut dem Zwiespalt auszusetzen, den die Zusammenkünfte am Brunnen in ihm auslösten.

Dennoch wollte er heute ihren Beistand für eine machtvolle Beschwörung erbitten, bei der er zusammen mit den Jünglingen das schier Unmögliche versuchen wollte.

Also machte er sich auf zu dem Brunnen, der ihm inzwischen beinahe fremd erschien, aber

Isabella erwartete ihn schon. Er trat an den Brunnen und bat sie um Vergebung, sie sollte nicht denken, er hätte sie vergessen. Doch sie lächelte wissend und erinnerte ihn, der es doch eigentlich wissen sollte, dass auch sie seine Gedanken verfolgen konnte, in der Kugel, geformt aus seinem Spiegelbilde. Erleichtert seufzte er und ließ die Last fallen, die ihm so unnötig Kraft geraubt hatte. Seine Liebe wuchs und damit seine Stärke. Er erfasste nun auch die volle Bedeutung ihrer Worte; er brauchte ihr nicht erst von seinem Vorhaben zu erzählen. Während er noch eifrig nach den richtigen Worten gesucht hatte, konnte sie indessen seine Gedanken lesen. Dies stimmte ihn fröhlich, beinahe übermütig, doch sie verabschiedete sich schon wieder und wünschte ihm Kraft und gutes Gelingen. Ihr „bis später" verklang bereits im Brunnen.

○

Endlich kam die Vollmondnacht und der Prinz erschien mit einem ausgehöhlten Baumstumpf und brachte ein Stück Leder, viele Schnüre und duftende Kräuter mit. Die Schnüre verteilte er unter den Jünglingen, sie sollten sich damit die

Fußknöchel umwickeln und danach jeweils mit denen des Nächsten verbinden, in zwei Schritt langen Abständen.

Der wortführende Jüngling verband die Enden seiner Schnüre mit denen des Prinzen, dem er auch schon die Füße umwickelt hatte. Währenddessen teilte der Prinz das Leder in zwei Hälften, spannte sie über die offenen Seiten des Holzstumpfes, zog sie straff und band sie fest. Noch nie zuvor hatte er eine Trommel gebaut, doch es ging ihm so leicht von der Hand, als wenn er es schon einmal getan hätte.

Als alle Füße miteinander verbunden waren, bildeten die Jünglinge einen Kreis, als wollten sie tanzen und der volle Mond schien auf sie herab. Eine lebendige Halskette dachte der Prinz, doch er dachte es laut, wie von nun an alles. Etwas sprach durch ihn hindurch, er selbst blieb dabei völlig reglos: „Wir werden uns als Halskette darbieten und sie der Frau umlegen, die uns erscheint. Die Auserwählte unter den Frauen wird dies Zeichen erkennen und unsere Gabe annehmen. Möge sie sich auch unserer annehmen und uns bei unseren Schritten führen." Der Prinz sprach mit dumpfer und monotoner Stimme. Er summte und bewegte rhythmisch seinen Körper dazu, die Schwingungen übertrugen sich unwillkürlich auf die Gemeinschaft. Es waren sanfte Wellen, eher ein Reigen als ein Tanzen, als die jungen Männer begannen, sich im Kreis zu bewegen. Der Prinz streute die duftenden Kräuter in die Mitte des Kreises und ergriff die eben erst gefertigte Trommel. Der Reigen ging weiter, die Blicke ruhten in der Mitte des Kreises und die Trommel gab dem Herzschlag den Takt vor. Immer schneller schlug der Prinz die Trommel, stöhnte dazu und kreischte schließlich; die Stimmen der anderen untermalten seine Töne. Allen gemeinsam entsprang ein seltsames Grölen. Aus einem Wechsel von unangenehmen, grässlichen Lauten formte sich schließlich ein summender Gleichklang. Die durch Töne und Faden verbundenen Jünglinge fanden zu einem vibrierenden Summen, einem friedlichen Klang, versöhnlich und vereinend. Doch bebend wurde er laut und lauter und stahl die Plätze der vorigen Töne, er dehnte sich aus, kroch in die Herzen und Köpfe und die Sphäre des Kreises füllte sich mit Licht.

Flirren des Lichtes und schwingende Laute verschmolzen zu einer harmonischen Einheit. Der Ton stand im Raum, auch wenn die Männer nun still wurden. Frei von Grenzen des Raumes und der Zeit verbreitete sich die beschwingte Leichtigkeit der völligen Losgelöstheit. Die Stimmen donnerten noch einmal los wie heran tosende Wellen und gurgelten dann wie im Wasser zurückrollender Kies. Hände fassten nach Händen und hielten sich wie an einem verborgenen Ring fest. Im Kreis erschienen blaue Lapislazuli in schönstem Leuchten, Stein um Stein, wie auf einer Kette aufgereiht. Die blauen Steine schwebten aufwärts. Die monotone Stimme sprach aus dem Prinzen zu dem Ring aus schwebenden Steinen, dabei bewegten sich die Jünglinge schnell im Kreis, sie drehten sich um den drehenden Steinkreis, bis sich schließlich alles drehte. Nun beschleunigten sich die Trommelschläge, dann schwollen die Töne ab, wie Töne der Welten. Die Jünglinge begannen zu singen, sie sangen das Lied des Prinzen, welches all seine Sehnsucht bisher nährte. Nun endlich fanden sie auch den Text dazu und verschenkten gemeinsam dieses Lied.

Als das Lied endete, fielen die Jünglinge schlaff zu Boden; Kopf an Kopf dicht beieinander, die Füße strahlenförmig nach außen, bildeten sie eine liegende Sonne. Die Gesichter drückten sie in den Boden, auch ihr Bauch nahm Verbindung zur Erde auf.

Sanfte Hände glitten über ihre Körper, zarte Klänge rauschten über sie hinweg. In ihren Ohren wurden es Worte der Geliebten, die sie jedoch nicht erwidern konnten. Vollkommen regungslos lagen sie danieder, hilflos der schönen Macht ausgeliefert. Sie wurden gehoben und ganz sacht gestreichelt, dann aber umgeklappt, mit den Köpfen voran. Nun Kopf nach außen und Füße nach innen, die Gesichter zum Himmel, den Rücken am Boden, strahlte ihre Sonne ins eigene Innere, dabei um ein Vielfaches vergrößert.

Noch immer bewegungslos gaben die Jünglinge sich hin, denn ihre Frauen bemächtigten sich ihrer. Welch süße Wonne, welch großartige Glut vermochten die Wunderbaren zu erzeugen. Sonnendurchflutet schmolzen die

Körper und wurden übermächtig in vereinter Kraft. Im tiefsten Rausch schwebten sie höher und höher, wurden zu einer Kette aus blauen Steinen und Perlen; sie schwebten so hoch, bis kein Auge sie sehen konnte und legten sich um den Hals der leuchtenden weiblichen Gestalt. Dankend neigte sie ihren Kopf, verwandelte sich dann in ein strahlendes, flimmerndes Leuchten. Ein pulsierendes Licht, das über allen schwebte. Es entschwebte nach oben, flog sachte davon und hinterließ nur ein Bild für die Erinnerung.

○

Im Kreis aber lagen, innig aneinander, die Leiber der Männer und der Frauen. Der Ton der Einheit folgte gen Himmel und erklang noch in jedem Körnchen Staub wieder. Ein Gefühl von Unendlichkeit lag selbst auf der Zeit. Und dabei entstanden viele kleine neue Welten.

Ein Trommelschlag durchdrang alle Träume, Isabella führte ihn aus. Selbst den Prinzen durchfuhr es schaudernd, denn diese Wucht hatte er nicht von ihr erwartet. Sie war voller Kraft und sehr besonnen, voller Licht und

voller Weisheit. War es möglich, dass sie jetzt die Führung für alle zusammen übernahm. War sie die Auserwählte der Frauen?
Sie fasste nach den sich nähernden Frauen und nahm sie im Kreis auf, den sie dann schloss. Dann verblassten ihre Gestalten und lösten sich in Licht auf. Vor den Augen der noch immer nach ihnen greifenden Jünglinge, erhob sich das flimmernde Leuchten gen Himmel. Dann fielen die Zurückgebliebenen augenblicklich in einen tiefen Schlaf.

○

Nur der Prinz war wach geblieben, löste die Fäden von seinen Füßen und verließ leise den magischen Kreis. Es verlangte ihn nach Einsamkeit. Alles, was geschehen war, stand nun fest in seinem Gedächtnis. Allmählich begriff er, dass dieses unverzichtbare Ereignis nur gemeinsam mit den Jünglingen hatte wahr werden können. Dabei hatte er ihnen ursprünglich nur helfen wollen, ihren Frauen zu begegnen.
Ruhelos lief er am Rande des Gartens entlang, näherte sich dann doch wieder dem Waldrand, setzte sich an einen Baum und schlief unter

dessen Schutz augenblicklich ein. Als er erwachte, zwitscherten die Vögel und die Morgendämmerung brach an. Er reckte sich und dehnte die Glieder, holte tief Luft und freute sich auf den neuen Tag. Über einen kleinen Umweg erreichte er das große Zelt. Auch die Jünglinge waren schon erwacht und wunderten sich über die Abwesenheit des Prinzen.
Das erste, das sie verstehen wollten war, ob sie die Geschehnisse der letzten Nacht wirklich oder nur im Traum erlebt hätten. Sie wollten an die Wahrhaftigkeit glauben, aber konnten es nicht. Der Prinz erklärte ihnen nichts und lächelte nur mitfühlend. Er verstand die Erschütterung, die ein solches Erlebnis beim ersten Mal auslöst. Dann äußerte er seinen Wunsch nach ungestörter Ruhe und fügte noch hinzu: „Ihr werdet jetzt auch ohne mich auskommen, doch ich bitte euch, denkt nicht viel nach! Überlasst euch einfach euren Gefühlen, vielleicht klärt sich etwas in der folgenden Nacht." Bereits im Weggehen begriffen, ließ er so ganz am Rande fallen, dass sie doch die Ameisen bewundern sollten. Er machte sich nun aber schnell davon, denn in seinem Innern

begann etwas zu kochen. Er kämpfte einen Kampf gegen seine eigenen inneren Feinde.

Die Jünglinge folgten ihrem zuerst Berufenen, denn der hatte vernommen, was der Prinz zuletzt gesagt hatte. Sie durchstreiften gemeinsam den Wald und fanden schon bald einen Ameisenhaufen. Im großen Kreis umstellten sie ihn und starrten gebannt auf die emsigen Tierchen. Erst als sie sich nicht mehr fragten, warum sie denn hier schauen sollten, wurden sie still und konnten andächtig lauschen. Die Aufmerksamkeit inmitten ihres Schweigens schien allmählich ganz fein zu klingen.

○

Der Prinz aber fühlte sich unendlich schwer und so ging er ins Schloss, um Abstand zu gewinnen. Ein wenig vom Gewohnten beruhigt manchmal den Geist und vielleicht würde es jetzt die vielen Stimmen in seinem Kopf beruhigen, die alle durcheinander sprachen. ‚Was zu dicht vor den Augen liegt, kann man nicht erkennen', pflegte der Alte oft zu sagen. Darum suchte der Prinz nun nicht mehr weiter, sondern ließ los, woran er sich festhielt.

Er gönnte sich stattdessen ein ausgiebiges Mahl. Dabei entdeckte ihn der Alte, setzte sich zu ihm, schaute erst eine Weile zu und griff dann auch nach einigen Speisen. Nachdem sie beide satt waren gingen sie gemeinsam im Garten spazieren und der Prinz berichtete ihm, was sich neues zugetragen hatte. Der Alte bekam leuchtende Augen und fragte besonders nach der weiblichen Erscheinung, die oben am Himmel die Kette entgegen genommen hatte. Diese Frau sollte er so genau wie möglich beschreiben und dabei drückte der Alte sich die Hand des Prinzen an die Wange. Schließlich begann er hemmungslos zu schluchzen, er, der alte weise Mann.

Der Prinz schaute dem Alten fragend ins Gesicht. Als dieser den Blick bemerkte, wandte er seine Augen von ihm ab. Der Alte ging ein paar Schritte rückwärts, als wollte er dem Gespräch ausweichen, dann aber schniefte er sich frei und suchte nach den richtigen Worten: „Ich befürchte, dass ich selbst die Erlösung nicht mehr miterleben kann, denn auch meine Frau scheint es nicht mehr zu können, meine weise, liebe, verkannte Frau." Diese Worte ergaben für den Prinzen keinen Sinn und so wandte er sich an den Alten: „Ich kann dir nicht folgen bei dem, was du sagst." Der Alte rückte nuschelnd damit heraus, dass seine Frau an keinem der drei Festtage dabei gewesen sei. Jedes Mal habe er unbeachtet am Rand gestanden und das erstaunliche Geschehen verfolgt, beständig wartend und allmählich begreifend, dass sie niemals kommen würde. Anfangs glaubte er noch, seine Frau wäre vielleicht gestorben, doch es fehlte ja auch keine der anderen Frauen; das konnte es also nicht gewesen sein. Plötzlich erkannte er die Bedeutung dahinter und wusste auf einmal mit Sicherheit, dass gerade sie diejenige wäre, die erst noch vom Fluch befreit werden müsste. Nachdem der Prinz ihm geschildert hatte, wie die Vollmondnacht verlaufen war, wurde dem Alten langsam klar, dass seine Frau diejenige war, für die die vereinende Kette bestimmt war. Und er sagte zum Prinzen: „Nun hat sie von euch Jünglingen die fehlende Kette zurückerhalten, die Kette der Einheit, die ich ihr einst geraubt hatte. So spät erst und nicht auf dieser Welt, kann sie sich wieder vollständig fühlen." Der

Alte brach schluchzend zusammen und stammelte nur noch unverständliche Worte, dann aber dankte er dem Prinzen für die Erlösung seiner Frau und wünschte dem Prinzen viel Kraft und Stärke, damit auch seine Tochter noch erlöst werden könnte.

Der Prinz war erstaunt, hatte er doch nie in Betracht gezogen, dass auch der Alte eine Familie gehabt haben könnte und umso mehr erschrak er jetzt bei den folgenden Worten: „Isabella muss meine Tochter sein, das Kind, das ich bei seiner Geburt verschmäht habe, weil es ein Mädchen war. Ich wollte, ich brauchte doch so dringend einen Jungen, um meine Weisheit weiterzugeben. In dieser Verblendung verwünschte ich meine Frau, die mir an Weisheit wohl weit überlegen war, und so überließ ich sie gnadenlos den dunklen Mächten. Ich war maßlos von meiner überragenden Weisheit überzeugt und habe mich sogar der schwarzen Magie bedient. Was ich damals tat, das verzeihe ich mir niemals, und doch kann ich nichts mehr rückgängig machen."

Dem Prinzen war, als hätte er einen Kloß verschluckt und seine Knie wurden weich. Dennoch reichte er dem Alten seinen Arm und wollte ihm helfen, sich aufzurichten. Der Alte zog sich an ihm hoch und ihn damit zugleich herunter. Da saßen sie nun beide auf dem Boden, der unter ihnen weich geworden zu sein schien. Beide wollten und konnten nicht glauben, was da eben ans Licht gekommen war.

Der Alte hatte jetzt begriffen, dass seine Tochter ebenso weise war, wie sein Ersatzsohn, der Prinz, den er an ihrer Stelle gelehrt und angeleitet hatte. Sie war es wert und immer wert gewesen, diese Welt weise zu erhellen. Doch durch seine bannenden Flüche hatte er sie einst sogar von ihrer Mutter getrennt. Folglich war sie, anstatt von ihrer Mutter, von der Mutter des Prinzen, der Königin, gelehrt worden. Die Weisheit schlummerte bereits in ihr, sie war ein Geschöpf, das der Weisheit entsprungen war, obgleich er jetzt an seiner eigenen Weisheit heftig zweifelte. „Meine Flüche haben auf ihr gelastet und weil schwarze Magie im Spiel war, wogen diese Flüche schwer." Er machte ein bekümmertes Gesicht, seufzte tief und fuhr fort: „Jahre später erreichte mich

der Ruf deines Vaters, der für dich einen Lehrer suchte. Ich war überaus erfreut darüber, denn nun konnte ich wenigstens dir all mein Wissen übermitteln. Du solltest es besser machen, als ich es einst konnte und inzwischen bist du über mich hinausgewachsen. Du bist die Erfüllung meines sehnlichsten Wunsches, des Wunsches nach einem Sohn. Dieser Wunsch war dereinst so übermächtig geworden, dass ich gegen alles andere blind war."
Und dann sprach er nur noch still zu sich selbst: ‚Diese Blindheit aus maßloser Selbstüberschätzung hat die Weichen für mein weiteres Leben gestellt. Nur durch ein offenherziges, kindliches Wesen erhielt ich die Chance, Demut zu entwickeln. Dem kleinen Jungen zugewandt, musste ich das Gewicht vom hoch erhobenen Haupt zum Herzen hinab verlagern und dabei lernte ich endlich auch, wieder mit klaren Augen zu sehen. Doch selber machtvoll handeln, das kann ich nicht mehr.'

○

Nun flehte er den Prinzen um Erbarmen an: „Töte mich, du wahrer Weiser, töte mich und belebe mich nicht wieder! Selbst diese Kunst hast du ja schon gemeistert. Doch erst, indem du mich wahrhaft tötest, hebst du die Flüche auf, die ich in die Welt gesetzt habe. Nur du kannst das vollbringen." Durch diese Erkenntnis fand der Alte zu seiner Kraft zurück, seine Stimme wurde wieder fest, als er diese Forderung an den Prinzen stellte. Der Prinz rang nach Luft, seine Gedanken rebellierten, jedoch erschien es ihm nach dem soeben Gesagten nur folgerichtig. Getrieben sprang er auf und rannte davon, erst durch den Garten, dann in das Schloss hinein; diese Forderung erschien ihm unerfüllbar. Er wehrte sich gegen den Entschluss des Alten und suchte noch nach anderen Wegen. Dabei tauchten innere Bilder auf, die schon länger undeutlich in ihm herumgeisterten. Der Tonbecher etwa, dessen Scherben veraschten und dann den letzten Tropfen tranken, um endlich spurlos im Nichts zu verschwinden. Auch die Scherben im Körper des Alten und die magische Wiederbelebung erschienen ihm noch einmal deutlich vor Augen. Wäre das denn vielleicht schon der jetzt geforderte Tod gewesen? Doch jetzt wollte der alte Weise nicht von den fremden Mächten, son-

dern vom Prinzen selbst getötet werden. Er forderte seinen Tod aus Einsicht und verstand ihn als Opfer, um Vergebung zu erlangen, vielleicht auch als seine letzte Möglichkeit, sich an der Erlösung der Frauen zu beteiligen.
Es schien dem Prinzen unvorstellbar, dass ausgerechnet der alte Weise den Frauen des einst so harmonischen Landes diese bedrückende Last aufgebürdet hatte.
Der Prinz entsann sich jetzt der bedrohlichen Masse in seiner Kammer. Wie gut nur, dass er sein Zimmer fest verschlossen hatte und alles darin vor jeglichen Blicken geschützt war, besonders auch vor den Blicken des Alten. Wenn diese Masse womöglich aus den gesammelten Flüchen bestand, so sollte sich all das beim Tod des Alten auflösen! Der Prinz erschrak über diesen Gedanken. Sehnsuchtsvoll dachte er an Isabella, deren Leib sich schon so sichtbar gewölbt hatte, dass er sich wunderte, wie das in so kurzer Zeit geschehen konnte. Die Worte des Zwillings über die Frist, die sie durch ihre Verschmelzung selbst geschaffen hatten, erklangen noch einmal in seinem Innern. Doch die Zeit im weißen Land schien

nach eigenen Regeln zu verstreichen, sie folgte dem Zeiger auf dem Brückenbogen zur Erlösung.

Aber wenn von der Frist schon viel mehr abgelaufen war, als er bisher erkannt hatte, wie viel Zeit mochte ihm jetzt wohl noch bleiben? Der Prinz taumelte durch die Gänge des Schlosses, er wusste nicht, wohin mit sich. Doch um wieder hinaus zu gelangen, musste er an der Kammer des Alten vorbei, der inzwischen aus dem Garten zurückgekehrt war. Der Prinz fürchtete sich davor, ihm noch einmal zu begegnen und rannte dann so schnell er nur konnte und springend gar, an dessen Tür vorbei. Er überhörte jedoch das Wimmern nicht, dass ihn durch die geschlossene Tür erreichte: „Befreie sie, bevor es zu spät ist, erlöse sie von dieser Schmach, erlöse mich, da ich nur noch leiden kann, seit ich erfasst habe, was sich mir offenbarte." Der Prinz hatte die Ausgangspforte erreicht. Schweißperlen rollten ihm über die Stirn. Er fühlte eine Kälte den Rücken hinab kriechen und die hinterließ eine feuchte Spur.

Hatte er letzte Nacht die weise Frau erlöst, so musste er nun auch den weisen Alten von seiner Schuld befreien, wenn auch durch den Tod.

Doch im Augenblick wollte sich der Prinz nur von diesen bedrückenden Gedanken befreien. Er suchte Ablenkung bei den Rosen, er goss sie und flüsterte zärtliche Worte des Staunens und der Freude über ihre Fülle. Der Duft umhüllte seine Sinne, seine Nase lernte das Sehen und seine Augen lernten das Riechen. Seine Finger berührten die Blättchen und spielten mit ihnen, wie sonst nur der Wind. In dieser Welt fühlte er sich geborgen, es genügte, einfach nur da zu sein. Doch kaum verließ er diese Welt, begannen seine Gedanken schon wieder zu schreien.

○

Es würde bald Abend werden, er hatte schon lange nichts mehr gegessen, doch der Hunger war ihm lästig; ihm stand jetzt ganz anderes im Sinn. Er grübelte, was jetzt richtig sei und was falsch und wie viel Zeit noch bliebe, um endlich anzukommen. Würde er wirklich töten können und wie, - wenn denn überhaupt? Konnte er jetzt von niemandem auf der Welt mehr hilfreichen weisen Rat bekommen?

Völlig aufgelöst schritt er auf und ab, das Hemd weit offen, die Haare wirr im Gesicht. So fand ihn der Vater, der im Garten den Weg seines Sohnes kreuzte. Als der König den Prinzen erblickte, war er sichtlich entsetzt, suchte er doch eigentlich an seinem Sohn Halt zu finden. Denn auch der König hatte letzte Nacht kein Auge zugetan und so erzählte er dem Sohn, wie er tatsächlich den Mond gefragt hatte, weshalb er nicht schlafen könne und wie der ihm unverhofft mit Worten geantwortet hatte: ‚Damit du dich an deine Träume erinnerst.' Und darum hatte er sich dann auch bemüht. Gerade die letzten besonderen Träume erschienen ihm wie zum Nacherleben, er sah die Eulen, er hörte das Wiegenlied und er konnte noch einmal auf den Mondwegen schweben, manches erkennend, das ihm damals noch verborgen geblieben war. In seiner Erinnerung vermischten sich die Bilder, die wach geschauten und die schlafend geträumten; sie schienen wahrhaftig miteinander zu tanzen, sein grauer Zwerg war auch mit dabei. Der König schilderte weiter, wie er von diesen an sich vorüberziehenden Bildern müde ge-

worden wäre und endlich nur noch schlafen wollte; aber die lebhaften Erscheinungen wichen erst beim ersten Morgengrauen. Doch da blendete ihn das Licht und so fand er noch immer keinen Schlaf. Deshalb wäre er jetzt im Garten, um nach Ruhe des Geistes zu suchen.
Der Vater hatte vor seinem Sohn alles frei herausgesprudelt und dabei überhaupt nicht bemerkt, dass der Sohn gerade abwesend war. Er stand zwar neben ihm, wirkte aber unerreichbar und der Vater rüttelte an dessen Arm. Das abwesende Gesicht seines Sohnes deutete er als Traum und wollte allzu gerne wissen, was ihm denn durch den Kopf ging. Doch da fand sich kein Traum, sondern bittere Wirklichkeit.

☾

Verwundert, dass das Schicksal sie zu dieser Stunde hier zusammengeführt hatte, war der Prinz vorbehaltlos bereit, dem König alles anzuvertrauen, was sich inzwischen ereignet hatte. Er ließ den beschwörenden Tanz der Jünglinge und die magische blaue Kette wie lebendig vor ihm erscheinen und offenbarte ihm außerdem die Wahrheit dahinter. Isabella, der Stern seiner Nächte, im Grunde eigentlich seine Schwester, war von seiner Mutter, der Königin, ebenso mit Wissen genährt worden, wie er, der Prinz, von Isabellas Vater, dem Weisen. Als Geschwister im Geiste tief miteinander verbunden, waren sie die beiden Auserwählten; die Zukunft des Königsreichs lag jetzt in ihren Händen. Er erzählte seinem Vater außerdem von den Glassplittern im Körper des Weisen und von der gelungenen Wiederbelebung. Er vertraute ihm aber auch an, dass der Alte inzwischen von ihm verlangt hatte, ihn eigenhändig zu töten. Durch den vorausgegangenen Angriff wäre beinahe schon ausgeführt worden, was nun noch bevorstand. Doch während er das sagte, begriff er, dass damals die Zeit noch nicht reif dafür war. Denn ohne die Rückgabe der einenden Halskette wäre alles vergeblich gewesen. Er sprach so schnell und so vieles auf einmal, dass der Vater unmöglich alles verstehen konnte. Doch allein das bereitwillige Zuhören des Vaters hatte den getrübten Blick des Sohnes geklärt. Nur während seiner Worte über das Töten durchzuckte es den Prinzen noch einmal und er wurde voller Entsetzen ganz wach. Allmählich erschloss sich auch dem König aus den Worten des Prinzen ein erfassbarer Sinn. Die Zeit drängte, die Aufgabe drückte, das schier Undenkbare musste geschehen. Die sich plötzlich ausbreitende starke Spannung verschlang alle Fragen, die der Vater noch hatte. Er stellte sich hinter seinen Sohn und half ihm schon dadurch, die Gedanken zu bündeln. Zielgerichtet blickten sie beide nach vorn. Und beide zugleich stellten die Frage: „Könnte denn nicht sonst noch jemand auf der Welt hilfreichen weisenden Rat geben?" Als der Prinz seine eigene Frage noch einmal von außen vernahm, fiel es ihm wie Schuppen von den Augen. Er hastete los, ohne ein Wort zu sagen, rannte in den Stall und holte sich den Maulesel. In aller Eile galoppierte er aus der Sichtweite eines jeden Auges. Dann hoben sie ab und flogen davon, direkt zu seinem Zwilling auf den Berg mit der Hütte. Der Zwilling, erfreut und erwartungsvoll, umarmte ihn schwungvoll und ermutigend. Dann überreichte er dem Prinzen einen Becher, er schien voller Blut zu sein. Der Zwilling sprach: „Überbringe ihn dem Alten, davon wird er friedlich und glückselig sterben, um dann erlöst zu seiner Frau zu finden, auf dass sie in anderen höheren Welten, erneut ihr Glück miteinander versuchen. Doch beeile dich sehr, flieg wie der Wind, das Flirren der Zeit hast du ja mittlerweile begriffen, dies war eine weitere Prüfung für dich." Der Prinz roch an dem Becher und ihm wurde flau dabei, nun musste es wohl so geschehen. „Reiche dem Alten diesen Becher, ich warte auf dich vor der Tür des Alten, denn, sobald der den Becher geleert hat, werden auch wir beide miteinander vereint werden. Fortan wirst du auch Herr über das Fliegen sein und brauchst dich nie wieder davor zu fürchten. Danach flieg hurtig zu Isabella, damit euer beider geistiges Wesen in deinem Beisein die Welt erblickt. Dann wirst du hoffentlich die Frauen heimbringen." Der Zwilling schubste ihn auf den Maulesel zu, mit dem flog der Prinz geschwind bis zum Schloss, und lief, mit dem Becher in den Händen, zu Fuß und trotzdem wie im Fluge weiter zur Kammer des Alten.

Erwartungsvoll blickte der Alte ihm entgegen, fragend musterten seine Augen die des Prinzen. Der Prinz lächelte wissend, als er ein wenig drängend, dem Alten den Becher übergab: „Sie nimmt dich zu sich, dir wird vergeben! Von mir hab allen Dank dieser Welt, folge ihr nun in die Ihre." Bevor der Verstand den Dingen folgen konnte, war der Becher schon geleert; der Alte gab ihn nicht zurück, sondern warf ihn mit aller Kraft auf den Boden. Der Prinz, vom Poltern des zerschellenden Bechers aufgeschreckt, sprang aus der Kammer und stieß dabei mit voller Wucht auf seinen Zwilling; augenblicklich wurden sie eins. Ihr gemeinsamer Blick fiel auf die gegenüberliegende Tür des einstigen kleinen Prinzengemachs. Dort gurgelten seltsame Laute und begleiteten das Verdampfen der gläsernen Masse. Dämpfe suchten sich ihren Weg in den Gang hinaus, doch der erstarkte Prinz blies sie zurück in die Kammer. Die gesammelten Flüche lösten sich auf und nichts von ihnen blieb zurück, nur die grausige Erinnerung.

○

Um vieles erleichtert flog der Prinz nun federleicht und frei durch die Lüfte, sogar über die weiße Grenze hinweg. Diesmal konnte er im weißen Land landen und hingehen, wohin er wollte; seine innere Führung zeigte ihm den richtigen Weg.

Seine Mutter stand nahe dabei, als er seiner Isabella stürmisch um den Hals flog. Die Königin umarmte die glücklich Vereinten und schloss sie noch fester in ihr Herz. Ein greller Lichtblitz durchfuhr donnernd die Stille, die sie bisher hier umgeben hatte. Ein heftiges Gewitter und Regen brachen nieder, das weiße Land veränderte seine Farbe, der rauschende Regen wusch die weißen Beläge vom eingefrorenen Leben herunter. Isabella und der Prinz ließen sich nicht wieder los, bis Isabella sich niederlegte und der Prinz zur Seite trat. Ein Kinderschrei bejubelte den großen Wandel. Des Prinzen Mutter weinte vor Glück. Sie hatte nun wahrhaftig einen Sohn und eine Tochter und sie hoffte inständig, für immer. Und, als wenn ihre Wünsche im eigenen Sohn widerhallten, tönte er lautstark: „Vereint für immer!" doch in ihm rauschten die Worte, die sein Zwilling einst zu ihm gesprochen hatte: ‚Was immer du bewirkst, alles Erschaffene ist vergänglich, wie du selbst.'

Eine feierliche Stimmung hielt Einzug, es wurde beinahe ein Fest; so könnten sie den Abschied an sich vorüberziehen lassen. Im weißen Land begannen Farben zu leuchten, das frische Grün der Bäume schaukelte im Wind. Die Leiber der Frauen wurden warm und wärmer, die Last war von ihnen abgefallen, nur die Verwunderung blieb. Alles würde nun anders werden, leichter und schwerer zugleich. Bisher hatte ihnen die Gewohnheit geholfen, ihr schweres Schicksal zu ertragen, aber schon morgen sollten die großen Veränderungen beginnen. Mit Isabella und dem Prinzen an der Spitze, gefolgt von der Königin und den übrigen Frauen, würden sie in die normale Welt zurückkehren.

☾

Der Prinz hatte Mühe, seine Gedanken zu ordnen. Er und Isabella saßen dicht beisammen, das Kind zwischen sich fest an die Brust gedrückt, berührten sich dabei ihre Stirne. Eine dunkle Ahnung trübte die große Hoffnung und beschattete die Vorfreude auf den morgigen Tag und auf alle folgenden Tage. Still saßen sie und abgekehrt von allem, das sie umgab; der

Eine dachte die Gedanken des Anderen. Die Stille wurde allmählich gespenstisch und in diesem Augenblick entstand ein heftiger Wirbel. Sie blickten sich erschrocken in die Augen und fanden darin ein warmes helles Leuchten. Ein Licht, das sehr viel Trost spendete, aber nichts versprach. Nur Stille, nur Kraft für die Ewigkeit. Doch das war kein Versprechen, es war ein Geschenk, eines, das sie bereits erhalten hatten. Wissend lächelten ihre Augen und ihre Hände streichelten dies zarte Wesen in ihren Armen, obwohl sie ahnten, dass es ihnen schon bald nicht mehr gehören würde. Ihre Tränen verbanden sich zu einem undurchsichtigen Schleier und ein tiefes Empfinden von Eins-sein verwischte jeden Gedanken. Es gab keine Zeit mehr, ihre Liebe umhüllte sie.

○

Ohne aus ihrer Traumwelt aufzutauchen, begaben sich der Prinz und Isabella am nächsten Tag an die Spitze des großen Zuges. Erwartungsvolle, ängstliche und angespannte Gesichter fanden sich in der Menge der Frauen. Sie verhielten sich jetzt anders, als in der langen Zeit, die sie bisher hier verbracht hatten;

sie dachten plötzlich sorgenerfüllt und grübelten sogar, obwohl sie doch noch nicht zurück in der normalen Welt waren. Ihr Verhalten nahm immer mehr menschliche Züge an. Alle zusammen schritten sie auf die Grenze des weißen Landes zu und waren gespannt, wie diese sich nun überwinden lassen würde. Plötzlich ergriff sie ein dumpfes Gefühl und vernebelte ihre Sinne, es hinterließ einen Druck, der Kopfschmerz und leichten Schwindel verursachte. Keine der Frauen tat einen Schritt über die Grenzlinie hinweg, sie verteilten sich nebeneinander, als wenn der Druck, der sie gefangen hielt, ihre Aufstellung dirigieren würde. Zuletzt standen sie nebeneinander aufgereiht, wie eine lange Menschenkette. Die Grenzlinie verbreitete sich und vor ihnen tat sich ein Graben auf. Der Graben dehnte sich aus und erschuf dabei eine neue, tiefer liegende Landschaft. Gelbes Land und schwarzes Gestein, graue Felsnasen hier und dort. Doch inmitten dieser unbekannten Welt erhob sich ein Berg, dessen Fels zugleich auch fließend erscheinen konnte. Aus den wechselnden Konturen des Felsenkopfes formte sich ein

Gesicht heraus. Steinerne Augen blickten weit in die Unendlichkeit, die Furchen der Falten zeugten von Ewigkeit. Der riesige Mund schien sprechen zu wollen, aber ihm entwich kein menschliches Wort. Die Frauen schienen nun selbst wie versteinert, jegliches Denken war unmöglich angesichts dieser Kluft zwischen sich und der Freiheit.

Der Prinz und Isabella rückten ganz dicht zusammen, dann schob sich der Prinz hinter Isabellas Rücken und das Kind zwischen sich und Isabella. Er brauchte all seine Kraft, um gegen die lähmende Macht anzukommen. Doch als er es geschafft hatte, umschloss er die beiden Lieben ganz fest. Seine Arme überkreuzten sich vor Isabellas Brust, sie hingegen legte ihre Arme nach hinten und soweit sie reichten um seinen Körper. Er legte seinen Kopf seitlich an den ihren und sein Kinn auf ihre Schulter, sie stellte vorsichtig ihre Füße auf die seinen. Im gleichen Augenblick hoben sie vom Boden ab und schwebten hinein in dieses tiefer liegende gelbe Land. Ihre Augen waren dabei geschlossen, sie blickten nur in sich hinein. Die Macht der Einheit vermochte sie zu tragen und ließ sie, einem Kolibri gleich, vor dem Felsengesicht schwirren. Ein gigantisches Donnern, Grollen und Brummen entfuhr dem Berg, der weder bös noch gut war. Es waren keine Worte zu hören, doch die beiden Verschmolzenen hatten die Bergsprache verstanden. Ein Rätsel galt es nun zu lösen und nur, wenn ihnen das gelänge, würde diese Zwischenwelt sich wieder schließen und die Frauen endlich freigeben. Doch ohne des Rätsels Lösung gäbe es kein Vorwärts und kein Rückwärts, die Welt, die sich hier aufgetan hatte, würde sie für immer verschlingen.

Die Frauen an der Kante waren bereits so versteinert, dass die Angst ihnen nichts mehr anhaben konnte, allein der Prinz und Isabella mussten sich gegen dunkle Anflüge wehren. Wie bösartige Fledermäuse umschwirrte die Angst ihre Köpfe. Doch die kraftspendende Glut, die der Prinz und Isabella zwischen ihren Leibern fühlten, stieg als Wärme langsam hinauf bis in ihre Schläfen und verscheuchte dort alle dunklen Schwaden. Diese Wärme erhellte sich zu einem Leuchten und begann aus ihnen heraus zu strahlen. Mutig geworden öffneten der Prinz und Isabella die Augen und fürchteten sich nicht mehr. Ihr Schweben wurde wieder ruhig und beständig und so waren sie bereit, nach eines Rätsels Lösung zu suchen.

Grollend und gurgelnd, knirschend und rumpelnd polterte der Geist des Berges auf seine Weise das Rätsel hervor. So offenbarte sich die Frage, auf die der Berggeist eine Antwort erwartete: „Womit kann man Getrenntsein aufheben, womit Unterschiede einander gleich machen, wie kann das Gute auf der Welt bestehen, wie können Männer und Frauen sich verstehen. Wie lautet die Formel für Glück auf Erden?" Der Berg wartete nun geduldig auf eine Antwort, er hatte Zeit, doch diese Zeit hatten sie nicht, denn die Kraft, um sich in der Schwebe zu halten, verbrauchte sich stetig.

○

„Getrenntsein aufheben kann nur, wer erkennt, dass nichts wirklich getrennt ist. Unterschiede einander gleichmachen, kann nur, wer erkennt, dass alles gleich ist. Das Gute kann auf der Welt nur bestehen, wenn man sieht, dass Gut und Böse eins sind und die Bewertung

aufhebt. Männer und Frauen können sich verstehen, wenn sie weder Mann noch Frau sind, während sie von Seele zu Seele zueinander sprechen. Die Formel für Glück auf Erden, …, " hier nun grübelte das Paar erneut. Ihre Kraft schwand mehr und mehr, die Gedanken beschwerten ihr Gewicht. Nicht nur das Schweben erschöpfte sie, auch das Gefühl der Verantwortung für alle lastete schwer auf ihnen. Sie durften keinen Fehler begehen!
Aber wie nur lautet die Formel für Glück auf Erden?
Bescheidenheit vielleicht und Zufriedenheit? Oder Demut und volle Hingabe? War es nicht vielleicht die Liebe, die einen bescheiden und zufrieden machte und sich einander immer wieder demutsvoll hingeben ließ? Die liebende Einheit, die die Zweiheit auflösen konnte? Es wollte noch nicht so recht auf den Punkt kommen, die innere Stimme gebot noch zu schweigen. Ihre Gabe, mit zwei Köpfen denselben Gedanken zu denken, wurde allmählich von heran schwirrender Ungeduld getrübt. Doch Sprechen war an dieser Stelle völlig

unmöglich; das Gedankenteilen war die einzige Form der Verständigung.

Wodurch bloß würde jegliche Gegenüberstellung unnötig werden?

Jetzt endlich platzte es heraus; die vollständige Auflösung seiner selbst, um in Liebe und Harmonie mit ALLEM zu verschmelzen. Das wäre Glück auf Erden.

Nicht Worte waren es, die aus ihnen herausgeplatzt waren, sondern kleinste Fünkchen, die aus der Glut ihrer Mitte wie aus einem knisternden Feuer heraustanzten. Sie wirbelten um das Felsengesicht und verwandelten dessen Ausdruck in ein beständiges Lächeln. Eine unsägliche Liebe strömte von den Beiden direkt zu dem brummelnden Berg hinüber. Nun vermittelte er ihnen Schutz und Geborgenheit und war kein bedrohlicher Wächter an der Grenze mehr. Mit dem Leuchten in ihren Augen streichelten sie sanft über seine wulstigen Falten. Sie hatten sich mit ihm verbunden und sie wussten, es war für die Ewigkeit. Während das Gesicht wieder im Felsen versank, konnte das Paar den Drang, ihm in den Berg hinein zu folgen, kaum noch zurückhalten. So mächtig war das Gefühl des Eins-seins mit der Welt, die dieser Berg verkörperte.

Im gleichen Augenblick löste sich die Versteinerung der Frauen und sie begannen sich zu räkeln und zu strecken. Wie aus einem Traum erwachten sie zu neuem Leben und warteten voller Dankbarkeit auf ihre Erretter. Dieser Verantwortung konnte sich das Paar nicht entziehen. Also schwebten sie nicht in das Innere der Bergwelt, sondern aus dem gelben Land hinaus und traten zu den Ihren. Große Freude strahlte aus jedem Gesicht, während die Welt zu ihren Füßen verblasste und der Spalt sich wieder zusammenschob. Ohne weitere Hindernisse lag nun der Weg in die normale Welt frei und offen vor ihnen. Entschlossen und mutig gingen sie voran, gewöhnten sich an das neue, vielleicht einstige Körpergefühl von bedrückender Schwere und Behäbigkeit. Jede konzentrierte sich auf sich selbst und vergaß alles um sich herum. Schritt um Schritt arbeiteten sie sich wie durch dicke Luft, die sie wie eine zähe Masse umschloss und beinahe lähmte. Doch jetzt lernte eine nach der anderen die notwendige Gangart und wurde sicherer in ihren allmählich festeren Schritten. Das Schweben gehörte von jetzt an der Vergangenheit an.

Der Prinz und Isabella beobachteten das alles, sie sahen es und nahmen es doch nicht richtig wahr. Das Kind zwischen ihnen hatte sich in Licht verwandelt und war emporgehoben worden von magischer Kraft. Ihr beider Blick war dem Leuchten gefolgt, das nur noch in weiter Ferne zu ahnen war, doch dem sie mit Bestimmtheit folgen wollten. Wie ein wegweisender Stern schien es zu locken und zu leuchten und den Wunsch zu nähren, der in den Beiden anschwoll.

○

Die Frauen wurden allmählich lebendiger und fanden ihren Weg selbständig und sicher. Sie folgten der Königin an ihrer Spitze, die den sich ihr nun offenbarenden Weg auch erkannte. Sie spürte Veränderungen auf sich zukommen und war jetzt bereit, sie anzunehmen. So, wie sie nun ins Königreich zurückkehrte, würde sie wahrhaft als Königin regieren. Sie hatte bewiesen, dass sie anleiten und führen konnte. In dieser Gestalt würde auch der König nicht mehr nur eine geliebte Frau in ihr sehen. Ihre Wangen färbten sich rot, während sie voller Vorfreude an die Heimkehr dachte. Und diese Vorfreude übertrug sich auf die ihr Folgenden. Sie alle spürten, dass eine neue Zeit angebrochen war. Ihr erstes Auskehren des eigenen Heims würde sicher auch einiges sonst bereinigen.

Das Zurückbleiben des Paares hatte kaum jemand bemerkt. Die Königin geleitete unbeirrt den Zug. Der Prinz und Isabella blieben am Wegesrand stehen und starrten nach dem Lichtpünktchen am Himmel, das zu verschwinden drohte.

Die Frauen ließen die Beiden zurück, während der Prinz und Isabella, Hand in Hand, unbemerkt einen neuen Weg einschlugen, einen Weg, der ihnen passender für sich erschien, auch wenn er ihnen noch fremd war. Sie folgten dem Strahlen am Himmel und vertrauten sich selbst. Und so begann eine Wanderung ins Ungewisse durch einsames, unbekanntes Land. Den Stern behielten sie als Hoffnungsschimmer im Auge, ihr Blick jedoch war nach innen gekehrt. Sie hatten begriffen, dass sie nichts aus dem weißen Land hatten mitnehmen können, auch nicht das dort gezeugte Geschöpf und sie waren erleichtert, alles hinter sich gelassen zu haben.

○

Tage vergingen, vielleicht Wochen, vielleicht Jahre. Sie waren jetzt in einer Welt, in der die Zeit aufgelöst zu sein schien. Es gab nur noch das Hier und Jetzt und sie genossen das Gefühl ihrer Einheit. Eines Tages erkannten sie, inmitten der vielen Berge, ihren Berg, mit dem sie sich verbunden fühlten vom Tag der Freiheit an. Liebevoll kletterten sie auf seinen schroffen Kanten herum, tasteten sich von einem Vorsprung zum nächsten. Einst hatten sie in diesem Felsen Augenbrauen erkannt und eine Nase und einen großen Mund. Während sie versuchten sich zu erinnern, stiegen sie trittsicher wie Ziegen aufwärts und hielten nach einer Höhle Ausschau. Der Mond war voll und beleuchtete den Weg auf ihrer Suche und streichelte sie sanft mit seinen weißen Mondfingern. Er wusste, dass sie alsbald dort ankommen würden, wonach sie sich insgeheim schon lange sehnten. Und richtig, sie fanden eine Höhle, traten ein und verschwanden in deren Tiefe. Die Dunkelheit umfing sie behaglich und freundlich und nahm sie auf für alle Zeit.

ENDE